Wechselspiel

Mira Bilia

Wechselspiel

Ein biografischer Roman
nach Khalil Samets Erinnerungen

Bibliografische Information der Deutschen Nationalbibliothek:

Die Deutsche Nationalbibliothek verzeichnet diese Publikation in der
Deutschen Nationalbibliografie; detaillierte bibliografische Daten sind
im Internet über http://dnb.dnb.de abrufbar.

2. Auflage, 2016
3. Auflage, 2022

Cover: Mira Bilia
Korrektur: Andreas Roll, Marbach am Neckar
Herstellung und Verlag: BoD - Books on Demand Norderstedt

ISBN: 978-3-7557-5672-9

Inhalt

Mira notiert:

Er ist groß, vielleicht 1.90, hat breite Schultern und sein Gesicht erinnert an George Clooney, seine Wurzeln könnten im Mittelmeerraum zu finden sein, wegen der dunklen Färbung seiner Haare und Augen und dem olivfarbenen Teint. Auch Khalils Deutsch ist nicht einwandfrei, ein winziger Akzent charakterisiert das Reden. Das einnehmende Lächeln und freundliche Auftreten lassen mich vermuten - er ist ein Frauentyp. Tatsächlich hat das, was er mir zu erzählen hat mit Frauen zu tun, im weitesten Sinne. Es geht um seine Biografie in einem „fremden" Land, besondere Umstände, Schicksal, Traditionen und unterschiedliche Kulturen. Alles hat sich wirklich so ereignet. Aber bevor Khalil seine Lebenslinien nachzeichnet, erklärt er mir: „Dieses Buch widme ich meinem Engel. Nur diesem wunderbaren Geschöpf zuliebe möchte ich alles zur Schau stellen. Das soll der Beweis meiner unendlichen Liebe sein".

Um alle beteiligten Personen zu schützen, sollen sämtliche Namen, mitsamt seinem eigenen, geändert werden, das habe ich getan. Ich bin gespannt und lausche Khalils Lebensgeschichte:

Aus heiterem Himmel

Thalias ältester Sohn David ist mir, genau wie sein kleiner Bruder Nikolas, direkt ins Herz gewachsen. Endlich Wochenende, der Junge will mit Kumpels los. 19 ist er und er hat den Führerschein, aber kein Auto. Ich gebe ihm gern meinen Wagen, er ist ein anständiger Kerl und ich erinnere mich, wie ich in seinem Alter um die Häuser zog. Damals hatte ich schon einiges Geld verdient und bereits ein eigenes Auto, das war ein großes Stück Freiheit.

Fritz ruft an, erklärt mir, er habe einen Kunden für den Motor gefunden. Toll, ich kann ihn noch heute liefern. Für den Jungen ist es kein Problem. Wir fahren zur Firma, laden das Teil ein, bringen es zum Empfänger, David fährt mich zurück und dann ab ins Wochenende; so wollen wir es machen. Mein Schatz blinzelt mir fröhlich zu, sie ist froh, dass sich die Jungs so gut mit mir verstehen. Und ich freue mich wie ein kleines Kind, wenn ich sie in ein paar Tagen auf unseren Hügel entführen und ihr ein bisschen Glück bescheren kann. Ich umarme sie noch einmal und hauche ihr Küsse ins Ohr, „bis bald mein Engel" und gehe. Ich weiß noch nicht, dass alles anders kommen würde.

Der Junge erzählt mir von der neuen Kneipe in der Stadt, ich kenne sie, früher wäre ich auch in solche Lokale gegangen.

Wir fahren über Land nach Leonberg, dort hat Fritz eine Halle gemietet. Er ist da, wartet schon auf mich. Der Motor liegt noch fertig verpackt am alten Platz. Ich lenke routiniert den Hubwagen übers Gelände, lade das Paket mit Fritz' Hilfe auf und steuere es zum Auto. Der Junge lehnt am Wagen, raucht derweil eine Zigarette, schmunzelt, wer weiß, an was er denkt, an ein Mädchen? Der Kofferraumdeckel steht auf, schnell will ich das Ding im Auto verstaut sehen und davon fahren, ich bin froh, wenn der Motor endlich untergebracht ist. Seither hat zwar alles geklappt, es war sogar super leicht gewesen, aber der Junge ist dabei, da kann ich kein Risiko eingehen.

„Komm, greif hier mit an",

fordere ich den Jungen kurz auf. Er langt geschickt hin und mit einem Ruck hieven wir das unförmige Paket in den Wagen. Er fragt nicht, was ich damit mache, er weiß inzwischen, dass ich auch am Wochenende mit verschiedenen Jobs Geld verdiene. Seit einigen Wochen nehme ich ihn mit, so kann er sich auf Baustellen und bei Umzügen selbst Geld erarbeiten, lernt jede Menge handwerkliche Griffe und Spaß haben wir sowieso dabei.

„Warte hier, ich bring noch schnell den Karren zurück",

ich nicke dem Jungen zu, sehe, wie er sich zum Wagen dreht, und will mich beeilen, auf dass wir fix vom Gelände verschwinden. Zwei Schritte, ein gemütlicher Käfer surrt in der lauen Mailuft - ein Schrei zerreißt sie:

„POLIZEI ... STEHEN BLEIBEN ... SIE SIND FESTGE-NOMMEIN!"

Die dunkle Gestalt taucht hinter einem Wagen auf, und noch eine, ich drehe mich zu dem Jungen, er starrt mich fragend an, aus dem Gebäude hinter ihm strömen immer mehr Männer in Uniform.

„STEHEN BLEIBEN!", vibriert die Luft, jetzt fegen sie von allen Seiten daher.

„AUF DEN BODEN!", hallt es zwischen den Gebäuden. Ich sehe Fritz am Gebäudetor, er hält die Arme in die Luft, schmeißt sich im nächsten Augenblick auf den Boden.

Mich krallt etwas von hinten, stößt mich ins Kreuz, noch mal, ich falle, sehe den Jungen nicht mehr, überall Polizei, plötzlich trampelt und knackt es in allen Ecken, sie stürmen wie hungrige Insektenmonster, tausend Pistolenläufe lechzen mich an, noch ein Tritt von hinten, dem halte ich nicht Stand, taumle und falle, ein wuchtiges Etwas rammt sich auf meine rechte Schulter, Asphaltkrümel krallen mein Gesicht.

„BLEIB LIEGEN UND KEINE BEWEGUNG!"

Wie soll ich, ich klebe am Boden, einen Achter auf dem Rücken, wenn er ihn zuzieht, werden die Arme brechen! Grobe Hände tasten mich ab, fingern an meiner Gürteltasche, bis ich sie nicht mehr spüre.

„David … David … wo ist er?!",

blinkt es dunkelrot in meinem Kopf. Wie, warum, wie kann das sein? Wer hat mich verraten? Das kann nicht sein, das darf nicht sein! Sirenen beschallen die Szene, im Augenwinkel blinken die skurrilen Bilder blau.

„Wo ist der Junge? Er hat nichts damit zu tun",

presse ich irgendwie nach oben, „lasst ihn laufen, er hat nichts damit zu tun!"

Niemand reagiert darauf. Ich vernehme unverständliches Gemurmel in der Ferne, leises mechanisches Knacken. Oh mein Gott, auf mich blicken scharfe Kanonen - man Leute, ich bin doch harmlos, behaltet bloß die Nerven und ballert nicht los! Bleibe erstarrt liegen, warte.

„Steh auf, aber langsam",

befielt eine strenge Männerstimme, gleichzeitig zieht einer an meinem gefesselten Arm. Aufrecht suche ich den Jungen. - ER SOLL FLIEHEN -, schreit es in mir, er hat doch nichts damit zu tun! Mir stockt das Herz noch mehr, als ich ihn schreien höre, er liegt ein paar Meter weiter, ebenso mit dem Gesicht auf den Boden gepresst.

„Lasst ihn gehen, man…“,

versuche ich ihn zu verteidigen, aber ich kann mich nicht mal selbst retten.

„Ruhe!“,

tönt der Beamte trocken,

„Wir werden sehen, was wer damit zu tun hat.“

Die Betonung des „damit“ klingt hämisch, wir sind ihre Beute, in ihr Netz getappt. Wie kann das gehen? Mir dreht sich alles, der Junge ist gefesselt, wird von Polizisten in einen Streifenwagen geschoben. Bald sitze auch ich in einem Polizeibus und verstehe, nach ein paar aufklärenden Worten des Beamten, ich sitze in der Falle, so eine Scheiße. Im Moment ist das nicht das wichtigste, David ist dabei, das ist tragisch. Und mein Schatz weiß nichts davon. Tausend Bilder wirbeln in meinem Kopf, von ihr und uns und dem was kommen wird. Auf der Fahrt spricht keiner, die wollen nur, dass ich friedlich bleibe, bringen mich aufs Revier. Langsam finde ich ein wenig Ordnung im Kopf. Ich werde es zugeben, das ist das Beste. Bin ja kein Schwerverbrecher, die Sache wird sich regeln lassen, so versuche ich mich zu beruhigen. Aber der Schock sitzt mir in allen Zellen, ich zittere, bin heiß und eisig zugleich. Ich denke an den letzten Ausflug und frage mich: Geht gerade eine Welt unter?

Die Aussicht ist grandios, warum können wir nicht Flügel ausbreiten und einfach abheben, mit Sonnengold davon schweben? Im Herzen tun wir das ja schon. Endlich nach so langer Zeit der dunklen Tristesse, mein Gott, was musste alles geschehen, bis ich sie fand. Es würde ihr gefallen, meinem Engel. Meinen kleinen wunderschönen Schatz im Arm zu halten, das ist die Erfüllung, endlich ankommen … ein Zuhause. Ich sage es ihr immer wieder, dass ich sie liebe, so sehr liebe und jede freie Minute verbringen wir miteinander, gigantisch. Das ist neu, ich habe zwar viele Frauen gehabt, auch geliebt, aber keine war mir 24 Stunden im Sinn, keine vermisste ich so, wenn wir an verschieden Orten sein mussten, keine wollte ich wieder und wieder ansehen, streicheln, beschenken, verwöhnen und das für immer und ewig. Ihr Duft schmeichelt nicht nur meiner Nase, es ist ein Hauch Zauberei, der mir den Herztakt angibt. Ich schmunzle, wie beim ersten Mal, denke ich. Sie dreht sich zu mir, strahlt mich mit ihren wunderschönen Augen an, ihr Lächeln schickt mir einen luftigen Schauder über den Rücken, ich möchte es festhalten, für immer. Wir küssen uns zärtlich, sie drückt sich an mich, ihre weichen Lippen fordern mehr, spielen mit meinen und zünden ein Kribbeln, das von den Zehen bis zum Scheitel fließt. Auf der Stelle mit ihr verschmelzen!

Sie will täglich auf den Hohenasperg steigen und gemeinsam mit mir die Gedanken zum Horizont schicken, Kilometer weit übers Land bis in die Unendlichkeit. Ich hatte nie etwas für Kitsch übrig, im Gegenteil. Aber sie lullt mich in einen romantischen Rausch - und es gefällt mir.

Über dem Abgrund flattern zwei Vögelchen ein Tänzchen, flöten munter Geschichten und inspirieren: Das ist es, so könnte ich sie überraschen, eine Liebeserklärung in den Himmel geschrieben! Worte meiner Liebe auf eine Riesenleinwand gemalt und dann mit einem Heißluftballon hier, direkt über der Burg, in die Luft schwebend. Ja, das begeistert sie, sie wird glücklich sein. Bald ist ihr Geburtstag, am 27. Mai, es wird das geniale Geschenk für sie. Gleich morgen werde ich mich darum kümmern. Zufrieden bleiben wir auf unserem Lieblingsplatz, saugen das Abendrot auf, bis die Sonne dem sanften Dunkel weicht.

Das Revier in Stuttgart ist, wie man es sich vorstellt, nüchtern und pragmatisch eingerichtet, mit ernst blickenden Uniformierten bestückt. Ich lande in einen Raum mit Riesenschreibtisch, ein paar Stühlen und Aktenschränken, soll mich setzten. Nur ein Aufpasser steht hinter mir, die Fesseln klemmen mir noch um die Handgelenke.

Zivile betreten den Raum. Sie tun wichtig, schwatzen, tragen Kaffeetassen mit sich und nicht die übliche Uniform, sie werden von besserem Rang sein und mich gleich befragen, ahne ich. So ist es. Ein Aufpasser nimmt mir die Handschellen ab, die Zivilen setzen sich mir gegenüber, mit Schreibzeug und einem Aktenordner vor sich liegend. Die Tortur beginnt und das, was ich mir so gedacht habe, dass ich einfacher Gauner alles fix regeln könnte, löst sich in Nix auf. Zuerst erzähle ich, wie's war, gestehe, ich hab es getan. Die Beamten sind nicht zufrieden. Ich beteure, der Junge hat nichts damit zu tun, sie sollen ihn doch laufen lassen. Sie reagieren nicht. Stattdessen legen sie mir Telefonnummern vor, fragen, was ich mit den Leuten zu schaffen hätte. Ich bin völlig perplex, woher...?

Langsam dämmert es mir, ich wurde beobachtet und mein Handy abgehört ... seit wann? Ach du Scheiße, zum Glück, na ja hier von Glück zu sprechen ist der Hohn, na jedenfalls habe ich gestanden, das wird vorteilhaft für mich sein. Dummerweise sind die Kommissare damit nicht zufrieden. Sie behaupten, fragen wieder, drohen, klagen mich an, picken hier und da, wollen mich in was rein ziehen. Sie werfen mir andere Delikte um die Ohren, erzählen mir von einem Prototyp und dass ich mit der Sache einen Riesenschaden verursacht hätte. Die Zahl knallt mir mitten in den Bauch, mein Innenleben zerrt sich unangenehm zusammen. Immer wieder versuche ich den Jungen raus zu halten, sie glauben mir nicht, genauso wenig meine Version über die Sache und dass nur die beiden Komplizen beteiligt waren, ich bleib dabei.

Stunden vergehen, ich leide in der Mangel der Beamten und noch mehr an der Ungewissheit, die die beiden Herren ausströmen. Was wird nun mit mir geschehen? Würde ich tatsächlich als kleiner Gauner glimpflich davon kommen? Die eifrigen Polizisten wollen mir noch mehr anhängen, wie kann ich das alles beweisen? Ich will telefonieren, meine Thali, meine Brüder, damit ich alles erklären kann und damit jemand kommt und mir hilft. Es geht nicht. Es ist spät in der Nacht, die Beamten hatten mehrmals Kaffee und meine Aussage wiederhole ich zum tausendsten Mal, es ist die Wahrheit, aber das können sie nicht annehmen.

„Sie kommen für die Nacht in die Zelle, morgen bringen wir sie zum Haftrichter, der entscheidet, was mit ihnen passiert."

Das ist die letzte Rede des Polizisten, er verschwindet, mitsamt seinem Kollegen. Ein Uniformierter führt mich in eine Gummizelle mit Bett, Klo und Waschbecken. Die Nacht werde ich aushalten, und am nächsten Morgen kann ich beim Haftrichter alles klären, endlich nach Hause fahren und Thali alles beichten. Ich bin mir sicher, büßen muss ich, für das was ich getan habe, aber es wird schon nicht so heftig kommen. Vor allem muss ich raus hier.

Die nächsten Stunden schlafe ich nicht, vielleicht nicke ich kurz ein, aber der Schock wirkt nach, die Ungewissheit treibt mich durch die Zelle und vor allem die Trennung von meinem Schatz lässt mir keine Ruhe. Was ist mit dem Jungen, wo ist er? Glauben sie ihm, musste er auch die Tortur überstehen, und wie hat er es gepackt? Und kann ich morgen wirklich gehen? Minuten werden zu Stunden, die Nacht wird zur Unendlichkeit, ein wirrer Gedanke jagt den nächsten. Angst! Das Gefühl begegnete mir bisher nicht oft.

Und wenn, gab es in der Vergangenheit Kameraden, die mir zur Seite standen, große Brüder und die Familie.

Geboren und die neue Heimat

Ich wurde in Zarka, liegt in Jordanien, Palästina, geboren. Meine Familie lebte ländlich. Wir, die Araber, lagen im gewaltsamen Konflikt mit Israel. Wann der Palästinakrieg wirklich anfing, kann ich nicht beurteilen. Jedenfalls erklärte Israel 1948 seine Staatsgründung und von da an gab es heftigen Streit zwischen Palästina und Israel; er ist bis heute nicht beendet. Mein Vater wurde 1934 und meine Mutter 1946 dort geboren. Der so genannte Nahost-Konflikt wirkte natürlich auf die Bevölkerung, das Leben war gefährlich, die Verdienstmöglichkeiten schlecht und Schule für die Kinder Nebensache. 1967 tobte der Sechs-Tage-Krieg, Israel griff Ägypten, Syrien und Jordanien an und besetzte die Golanhöhen, die Westbank, den Gazastreifen und die Sinai-Halbinsel. Zwei Jahre später kam es zum Militärputsch in Syrien und Menschenmassen flohen aus Palästina und aus dem Teilgebiet Jordanien.

Auch mein Vater suchte nach Perspektiven. Zu der Zeit war Deutschland Israel gegenüber eher kritisch eingestellt, deutsche Politiker forderten Israel auf, die besetzten Gebiete freizugeben. In Deutschland blühte seit den 50ern das Wirtschaftswunder, den Menschen ging es immer besser nach dem Kriegsübel des Zweiten Weltkriegs, Firmen wurden gegründet, die Industrie wuchs und somit die Möglichkeiten, gut Geld zu verdienen. Alles besser als in Palästina. Und deshalb emigrierte mein Vater 1969 nach Deutschland. Im selben Jahr gebar meine Mutter einen Sohn, meinen ältesten Bruder Rami.

Eine deutsche Firma beschäftigte meinen Vater als Hilfsarbeiter, besorgte ihm eine Wohnung, und kümmerte sich um die Aufenthaltserlaubnis. Mein Vater arbeitete, sparte das Geld und schickte meiner Familie in Palästina den Großteil der Einnahmen. Er reiste ab und zu nach Hause, um nach der Familie zu sehen und irgendwann dachte er, er habe genug Geld zusammen und kehrte in die Heimat zurück.

Die Familie wuchs, 1970 kam meine Schwester Ara, 1971 ich. Es wurde im Dorf bekannt, dass wir zu Geld gekommen waren, also hielten viele Leute die Hand auf, um vom Deutschlanderfolg etwas abzubekommen, so schwand der „Reichtum". Mein Vater wanderte erneut nach Deutschland, wieder fand er Beschäftigung, dieses Mal im Straßenbau. Inzwischen gebar meine Mutter Schwester Fatimah.

Die Lage in Palästina besserte sich nicht, das Leben war noch immer beschwerlich. Mein Vater beschloss, in Deutschland zu bleiben und die Familie nachzuholen. Inzwischen schrieb man das Jahr 1975 und ich war 4 Jahre alt. Wir siedelten im Süden Deutschland, Kreis Heilbronn in Baden-Württemberg an, in der Gemeinde Meimsheim, seit 1972 ein Stadtteil von Brackenheim.

Meine erste bewusste Erinnerung begann mit der Schulzeit, 1978 in der Grundschule Meimsheim. Ich sprach kein Deutsch und so musste die Kommunikation auf einer anderen Ebene ablaufen, mit Fäusten. Was heißt, ich und auch meine Geschwister verursachten einigen Krawall in der Schule. Wir setzten uns durch, und das nicht nur für uns selbst, sondern für die gesamten Geschwister, jetzt mit Schwester Safia und dem jüngsten Bruder Bassam. Wir waren nun sieben Kinder.

Rami, der Älteste, führte uns außerhalb der Familie an. Wenn es Stunk gab, regelte mein großer Bruder die Sache. Er hatte in Palästina schon ein wenig Englischunterricht, damit konnte er sich wenigstens ein bisschen verbal verständigen.

Ich lernte Deutsch, wie, weiß ich heute nicht mehr so genau. Es gab keinen Extra-Unterricht in der Schule und im Zeugnis wurde vermerkt, dass ich als Ausländer Nachteile im Sprachunterricht hätte. Aber irgendwie bekam ich die Sprache mit. So gut, dass ich Freundschaften schloss und zum Deutschen wurde. Kinder sind offen für Neues, das war auch bei mir so und Deutschland wurde mir mehr Heimat als mein Herkunftsland. Vielleicht liegt es an meiner Haltung, jedenfalls lautet mein Credo: Freiheit für alle Möglichkeiten. Ich halte nichts von starren Traditionen und Ideologien, welche Ausländern im fremden Land oft Schwierigkeiten bereiten. Leute aus unterschiedlichen Staaten werden durch verschiedenste Kulturen geprägt. Das heißt aber nicht, dass solche sich nicht integrieren sollen. Das beobachtete ich aber leider bei Ausländern um mich. Viele hatten eine großkotzige Art an sich, prahlten, sie seien die Größten, brachten aber keine zwei anständigen deutschen Worte am Stück heraus. Auch meine Landsleute verhielten sich oft verbohrt, kapselten sich ab und hielten an starren Meinungen fest. Die Traditionen wurden nicht an Deutschland angepasst, Konflikte waren vorprogrammiert. Trotz meiner Freiheitsliebe, passte ich mich bewusst an. Es war manchmal schwer, zwischen den Kulturen zu pendeln. Leider lebten meine Eltern überwiegend als Araber unter sich, mit arabischen Freunden und der ständigen Verbindung ins Heimatland. Sie lernten im Alltag zwar Deutsch, aber nie genug, um Kontakte mit Deutschen pflegen zu können. Anfangs setzte meine Mutter das traditionelle Kopftuch der Moslems in Deutschland ab. Später besann sie sich aber, bedeckte sich wieder und lebte als Moslem immer ein wenig distanziert von anders Gläubigen. Und spätestens bei der Partnerwahl schrumpfte die

Toleranz zu einem Nichts zusammen. Aber als Junge wusste ich noch nichts von alldem und die Familie war ein fester Halt und Schutz.

Mutter fand ebenfalls Arbeit als Putzfrau. Wenn die Eltern aus dem Haus waren, hatte Rami das Sagen und passte auf uns Geschwister auf. Eine Rolle, die ihn prägte, auch als Erwachsenen.

In der Hauptschule herrschten wir Brüder mit dem Faustrecht. Ständig standen Eltern von anderen Kindern vor der Tür, die sich beschwerten. Vor allem der Älteste sammelte Anzeigen wegen Körperverletzung. Aber im Grunde empfand ich uns als friedlich. Je besser wir Deutsch konnten, desto weniger Schlägereien gab es. Und auch die Leistungen in der Schule verbesserten sich. Beide Eltern arbeiteten, aber für Nachhilfe war kein Geld da. Der Vater verdiente nicht viel. Er schuftete treu in einer deutschen Firma, Jahrzehnte lang. 1200 DM bezahlten sie ihm, von Anfang, bis sie bankrott war. Er verlangte nichts anderes, für ihn war es mehr, als er in der Heimat jemals hätte verdienen können. Später, in Stuttgart-Zuffenhausen, bekam er endlich einen fairen Lohn und verdiente gut. Leider ging das nur ein paar Jahre, dann erkrankte er so schwer an Diabetes, dass er arbeitsunfähig wurde.

Wir Kinder verbanden uns unterschiedlich mit dem deutschen Leben. Der Älteste hielt stark an den Heimat Traditionen fest, er übernahm viel von den Eltern. Die jüngeren Geschwister sind in Deutschland geboren und wurden somit von Geburt an deutsch geprägt. Ein Knackpunkt entstand, als es darum ging, mit wem wir zukünftig leben wollten. Die Eltern hatte klare Vorstellungen, ein Landsmann oder eine Landfrau muss es sein. Die Vermischung der Kulturen war für sie undenkbar. Vor allem die Religionsunterschiede störten sie, es war nicht auszudenken, dass eine Christin in die

Familie kam. Der große Bruder Rami lebte das konsequent, es gab keine deutsche Freundin für ihn, er wollte der Familie keine Schande machen. Auch Schwester Ara hielt sich fast daran. Ihr erster Freund, ein Libanese, passte den Eltern nicht, auch der kam von einem anderen Volk; ein Palästinenser oder ein Jordanier sollte es sein. Sie blieb trotzdem bei ihm. Das Paar verlobte sich und trennte sich wieder, so wie es eben im Leben manchmal geht. Die Eltern waren zufrieden und sie heiratete dann später tatsächlich einen Mann aus Palästina.

Für mich war das noch kein Thema und ich hatte viele deutsche Freunde. Ich war groß und kräftig gebaut, das nutzte ich auch für Gerechtigkeit außerhalb der Familie. In der Hauptschule gab es einen Klassenkameraden, einen Einzelgänger, der schlich meist in geduckter Haltung mit gesenkten Augen herum. Er war nicht der Hellste und ein bisschen schwächlich im Gerippe, das gefundene Fressen sadistischer Mitschüler. Die gab es, sie lauerten ihm auf, grätschten ihm in die Beine, bis er fiel, banden ihn an Bäume oder bespritzten ihn mit Gießwasser. Er ließ alles geschehen, duckte sich mehr und mehr. Einmal kam ein Hüne lässig und breit grinsend von hinten auf ihn zu, boxte ihn ins Kreuz und lachte und witzelte mit seinen Kumpels, wenn er zusammenzuckte und weiter schrumpfte. Wieder und wieder und immer stärker schlugen sie auf ihn ein, er wagte nichts dagegen zu tun, verzerrte nur leidend das Gesicht. Ich beobachtete das Ganze, irgendwann würde er vor Schmerzen heulen und die dumme Meute in Hochstimmung johlen. Ich wollte mir das Unrecht nicht länger ansehen und trat dazwischen, stellte mich breit vor den Hünen und drohte ihm, wenn er den Jungen noch einmal anrühren würde, bekäme es mit mir zu tun. Ich war allein, die Gruppe mir eigentlich überlegen. Dennoch zog sich die Meute zurück und der Junge hatte Ruhe vor ihnen. Ich habe gelernt: Du darfst nie Schwäche zeigen, musst mit Haltung in der Wirklichkeit stehen, und immer wieder aufstehen, Chancen nutzen, weiter machen. Und wenn es sein muss, wehre dich, entweder du gewinnst oder du verlierst.

Wo führt das hin?

Das schwarze Fensterrechteck ergraut, vor der verschlossenen Tür werden die Ruhepausen zwischen Klopfen, Stimmengemurmel und Stühle rücken kürzer. Nacht. Später kratzt es im Türschloss, Hoffnung? Ein Beamter bringt Kaffee.

„Komm ich jetzt zum Haftrichter?"

„Später."

„Wann?"

„Später."

Das Warten macht mich irre. Die Sonne dringt in die Zelle, erhitzt den Raum, ich denke an sie und den Jungen und den letzten Ausflug zum Hohenasperg, in Freiheit. Das hier kommt mir vor wie ein böser Traum, es kann nur ein Traum sein. Ihr Geburtstag in ein paar Tagen, das ist real und wichtig und unsere Pläne und Träume, gemeinsam in die Ferne zu schauen. Ich muss hier raus. Dem Tiger gleich, Mann muss der sich beschissen fühlen (!), schleiche ich von einer Zimmerwand zur anderen und zurück, bis das nächste Knirschen an der Tür Veränderungen ankündigt.

Der Haftrichter lässt sich von mir alles noch einmal erzählen, bis ins kleinste Detail, ich gebe alles zu und nenne die Namen zweier Komplizen. Auch er will mehr hören, forscht mit Fragen nach einer Bande, einem höheren Auftraggeber. Wieder kann ich nur den Kopf schütteln. Wo ist der Junge, will ich wissen, was ist mit ihm passiert? Der Haftrichter gibt mir keine klare Antwort.

„Komm ich raus hier? Ich hab Familie da draußen, Kinder. Ich muss unbedingt meiner Freundin Bescheid geben.

Hören sie, meine Familie braucht mich."

Der Richter schweigt, blättert in Dokumenten:

„Ihre Staatsangehörigkeit?"

„Ich bin Deutscher, habe einen deutschen Pass."

„Ja das sehe ich, ich meine, ihr Heimatland, wo kommen sie her?"

„Aus Palästina."

Er zögert kurz und beschließt dann:

„Es besteht Fluchtgefahr."

Ich bin entsetzt, warum nur?!

„Fluchtgefahr? Warum? Ich habe Familie, die brauchen mich, warum sollte ich abhauen? Das ist Quatsch!"

Diskutieren gibt es nicht.

„Sie kommen nach Stammheim, bis zur Verhandlung."

Ich will widersprechen, für meine Freiheit kämpfen, er ist wie eine undurchlässige Mauer.

„Es geht hier nicht um ein Kavaliersdelikt, es geht um über 50 Millionen."

Hat er mir grade die Birne poliert? Ich bin verstört, diese Zahl haut mich um, das wusste ich nicht. Wieder versuche ich mich zu wehren.

„Hören sie, das war mir nicht bewusst, ich hab das völlig anders eingeschätzt, sonst hätte ich nicht..."

„Das kann jeder sagen, die Untersuchungen werden Klarheit bringen."

„Ich weiß, dass ich einen Fehler gemacht habe, aber deshalb werde ich nicht abhauen. Ich komme zwar aus einem anderen Land, aber ich bin hier aufgewachsen und mehr Deutscher als Araber. Ich möchte wieder arbeiten und weiter machen, wo ich aufgehört habe." „Das ändert nichts. Es besteht Fluchtgefahr. Stammheim."

„Und auf Kaution?"

„Sie können es beantragen, über ihren Anwalt."

Das Geld haben sie einbehalten, es waren über 6000 Tausend. Ich erfahre, dass ich noch einen Anruf tätigen kann bevor es nach Stammheim geht, ich entscheide mich für meinen Bruder. Kurz und knapp erzähle ich Rami, wo ich bin und dass er mir einen Anwalt besorgen soll, er verspricht es und der Horrortrip nimmt seinen Lauf.

Ich kauere in einem Kastenwagen der Polizei, Ziel: JVA Stammheim. Mein Gott, warum dort hin? RAF Terroristen sitzen dort, davon hab ich gehört. Außerdem kenne ich den grauen Kasten als Kulisse, wenn ich zwischen Stuttgart und Ludwigsburg unterwegs bin. Thali kommt mir schmerzlich in den Sinn. Was tut sie jetzt, was denkt sie, wird sie mich verlassen? Oh Gott, wie wird sie leiden! Das Gefühl quetscht mir die Brust. Was ist mit dem Jungen? Auch der Haftrichter gab mir keine Auskunft. Herr je meine Kinder, sie sind es gewohnt, dass ich mehrmals die Woche nach ihnen sehe, was denken sie, wenn ich einfach weg bleibe? Bisher habe ich sie immer angerufen, wenn sich etwas ändert, sie können sich auf mich verlassen, alle können sich auf mich verlassen.

Ich sehe nicht, wohin wir fahren, keiner redet mit mir, ein Beamter ist, seit der Verhaftung, mein ständiger Schatten. Er tut nur seine Arbeit, es wird ihn nicht interessieren, dass ich hier raus will, im Gegenteil. Mein Schatz begleitet mich mit Millionen Bildern im Kopf, mein Blick verschwimmt. Was ist mit meinem Vater, er ist krank? Er ist es gewöhnt, dass ich ihn jede Woche besuche. Und immer wieder Thali ...

In Stammheim komme ich in eine Art Rohr, eine Schleuse. Ich muss meine Kleider ausziehen, alles wird genau untersucht, wohl, damit nichts in den Knast geschmuggelt wird. Was soll ich denn mitbringen, eine Feile für die Gitterstäbe? Ein Beamter stopft meine Sachen in einen grauen Sack, dort werden sie bleiben, solange ich sitzen muss, erklärt mir der Bedienstete. Nackt muss ich aber nicht herumlaufen,

Sträflingskleidung gibt's. Nicht gestreift, blau und weiß aber bretthart, kratzig, verwaschen und verzogen, die Klamotten allein sind eine Strafe.

„Kann ich nicht meine Kleidung anlassen?"

„Nein, du könntest dich damit erhängen oder sonst was."

Häh? Warum sollte ich, ich will zwar raus, aber nicht auf diese Art.

„Was ist mit dem Jungen, David, ist er auch hier?",

möchte ich von dem Justizbeamten wissen. Er schüttelt den Kopf:

„Ich kann dir nichts sagen."

Ich kriege einen Schlafanzug und Handtücher, dann führt mich der wortkarge Beamte ein paar kahle Gänge im Erdgeschoss entlang. Vor einer schweren orangefarbenen Stahltüre halten wir an. Er rasselt mit seiner Schlüsselsammlung, wählt einen aus, fummelt am Schloss, öffnet und schiebt mich in den Raum. Es ist ein Schlauch mit Fenster am anderen Ende, vergittert natürlich. Zwei Stockbetten sind an die Wände montiert, ich entdecke ein Waschbecken mit Ablage und Spiegel und ein WC, alles grau. Eine Tischplatte, ebenfalls an die Wand getackert, mit Stühlen davor, darüber ein Fernseher. Die Betten sind alle unbenutzt, also werde ich erst mal allein bleiben, überlege ich. Mir ist übel, die Tränen laufen. Was wird werden, Thali ist so weit weg, wird sie mich verlassen? Und meine Familie, die Kinder, die Eltern, die Gedanken kreisen ständig. Was wird, was wird nur? Wieder stapfe ich zwischen den Wänden, die drohen mich zu erdrücken. Ich weiß nichts und kann mit niemandem reden, erklären wo ich bin, was passiert ist, ich werde bald irre.

Irgendwann kommt eine Ärztin. Sie untersucht mich, macht Notizen in einer Akte und möchte wissen:

„Wie fühlen sie sich?"

Was soll das?

„Sag mal, was ist das für eine blöde Frage, wie soll man sich denn hier fühlen, in dem Scheißbunker?!"

„Entschuldigung, ich habe nur gefragt",

gibt sie völlig ruhig zurück. Ich erkläre ihr ehrlich:

„Beschissen, absolut beschissen, ich werde hier schier verrückt."

ZACK, prangt ein Stempel in meiner Akte, in Rot. Frau Doktor erklärt mir, was das heißt,

„Sie sind selbstmordgefährdet."

„Was?!"

Ich betone, dass ich Kinder habe, die mich brauchen, ich werde mir ganz sicher nichts antun. Ich muss sie unbedingt anrufen, Bescheid geben, wo ich bin und dass sie sich keine Sorgen machen sollen. Auch sie überhört das, ich rege mich auf und sie geht.

Prädikat „selbstmordgefährdet" heißt, ich darf nicht allein in einer Zelle bleiben, ja nicht einmal zeitweise. So werde ich verlegt, in einen Haftraum mit dem gleichen Mobiliar, ähnlicher Raumaufteilung und farblich nicht aufregender. Dort sitzt ein Penner auf einer Liege. Sein Haar ist schmierig, das Gesicht zerfurcht, er stinkt, wirkt unangenehm. Eigentlich ist es egal. Ich wähle ein Bett und kauere die nächsten Stunden mit dem Gesicht zur Wand darauf. Ich rede nicht mit ihm, nehme ihn kaum wahr. Auch die triste Regelmäßigkeit geht bedeutungslos an mir vorüber. Essen kommt und geht, ich rühre es nicht an, ich muss aufstehen, zum Klo, wasche mir die Hände, kühle mein Gesicht und verziehe mich wieder auf meine Schlafstätte. Aber ich schlafe nicht. Mir ist schlecht vor Kummer und Sorgen, ich heule wie ein kleines Kind und ich könnte durchdrehen bei dem Gedanken, dass ich diesen Raum nicht verlassen kann. Und wieder Thali in der Brust ... Die inneren Bilder von ihr können mich nicht wirklich beruhigen, sind diese Erinnerungen das Einzige, was mir in Zukunft von ihr bleiben wird? Nein, das darf nicht sein, das Leben würde seinen Sinn verlieren. Die Sehnsucht martert mich. So viel Gefühl, so viel ehrliche Liebe gab es nur einmal in meiner Lebensgeschichte.

Mein Polarstern

Wir Brüder bewegten uns uneingeschränkt in der Gegend, immer auf der Suche nach Abenteuer und natürlich Mädchen. Mit 17 besuchte ich öfter die Diskothek „Dieterle" in Ludwigsburg. Es war ein Treff für junge Erwachsene und wir hatten viel Spaß bis in den Morgen. In einer Nacht, ich tanzte, bemerkte ich, wie mich jemand beobachtete, ein Mädchen. Immer wieder und unverblümt starrte sie zu mir. Zwei gigantische grüne Augen funkelten regelrecht durch den Raum und zogen mich an, es war Magie. Zunächst blickte ich zurück, schwofte weiter mit meinen Freunden. Aber der ständige Blickkontakt machte mich neugierig und ich sprach sie an. Wir verstanden uns sofort, konnten zusammen lachen und unsere Augen spielten, suchten sich. Ich musste sie immer wieder ansehen, ihre leuchtenden Augen, es waren Sterne, lockende Sterne. Heiter und fix vergingen die Stunden und irgendwann beugte sie sich zu mir herüber, nicht um mir wieder etwa zu berichten, die Musik übertönte alles, man musste sich näher kommen, um sich zu verstehen. Dieses Mal blieb sie stumm, legte sanft ihre Lippen auf meine, als wäre es selbstverständlich. Diese Spontanität hat mich umgehauen, ich reagierte, nahm sie in den Arm, dann wurde sie konkreter und küsste mich intensiver. Ich dachte, das Dach ging auf und sämtliche Sternschnuppen entluden sich über uns, so etwas hatte ich noch nicht erlebt. Es blieb nicht bei dem einen Kuss und wir waren uns beide sicher, wir wollten uns wiedersehen.

So schnell es ging, trafen wir uns, zogen uns an, gleich zwei Magneten und wurden ein leidenschaftliches Liebespaar.

Wir lebten ausgelassen und unternahmen viel, gingen aus oder verbrachten die Zeit bei ihr. Sie hieß Danny, war ein paar Jahre älter, ungefähr 22 Jahre, und arbeitete als Krankenschwester im Ludwigsburger Krankenhaus. Ich hatte den Hauptschul-Abschluss in der Tasche und begann eine Ausbildung auf der Berufsfachschule für Elektrotechnik in Bietigheim-Bissingen. Tag für Tag kamen wir uns näher und ich liebte sie mehr und mehr und es wurde klar, wir wollten den Rest unseres Lebens miteinander verbringen.

Irgendwann erzählte ich meinen Eltern von ihr, und auch, dass es ernst ist. Die Eltern hatten Prinzipien und versuchten mir die Andersgläubige auszureden. Vergeblich, mir war egal, was sie dachten, ich liebte sie und blieb bei ihr. Mein 18. Geburtstag kam, und damit erschloss sich mir eine offene Welt, ich durfte endlich Auto fahren! Endlich Freiheit. Wir waren noch mehr gemeinsam unterwegs und wohnten schon fast zusammen.

Danny war ein Mischling, halb deutsch, halb jugoslawisch. Als sie mich ihren Eltern vorstellte, war ich auf Ablehnung gefasst, aber dem war nicht so. Die beiden nahmen mich herzlich auf, wir durften uns so oft treffen, wie wir wollten, z. B. in ihrer Einliegerwohnung. Das Verhältnis war so gut, dass ich ihrem Vater bei Arbeiten im neu erbauten Haus zur Hand ging. Leider gewöhnten sich meine Eltern nicht an unsere Beziehung. Sie verlangten auf „Teufelkommraus" eine andere Frau für mich. Das ging so weit, dass sie sogar meinem Schatz drohten, sie solle mich in Ruhe lassen, sie wäre nichts für mich. Aber ich stellte klar, Danny ist meine große Liebe, ich wollte sie heiraten.

Das Leben war herrlich, ich hatte einen Schatz, bemühte mich um meine Ausbildung, der Horizont schien hell und weit.

Es war wieder Wochenende, Abend und wir zogen mit Freunden um die Häuser. Ich fuhr mein Auto, mein Schatz saß neben mir, zwei Kumpel hinten. Wir witzelten über Gott und die Welt, alles stand uns offen und wurde von fröhlicher Popmusik aus dem Radio begleitet. Mein Schatz war wunderschön, wie immer, und ich war stolz und verliebt. Ich steuerte den Wagen durch die Stadt in Richtung Kornwestheim. Nach dem Ortsschild auf der Landstraße beschränkte ein rot umkreistes Schild die Fahrt auf 70 km/h. Ich fuhr den Wagen regelrecht, schließlich hatte ich wertvolle Fracht an Bord. Plötzlich, ganz ohne Zutun, ging das Radio aus, Stille, dunkle Schatten sausten an uns vorbei, eine Sekunde, zwei. In der dritten tauchte ein rotes Dreieck mit Baustellenwarnung am Straßenrand auf, und – eine Mauer! Nur ein Minimoment, noch bevor die Ursache für das Warndreieck bei mir ankam, sie war einfach da und ich hatte Null Chance, dem Koloss auszuweichen, dann - Dunkel.

Ich lag am Boden, aus der Schwärze Blitze, gelb und blau und gelb. Leute bewegten sich um mich, ein Polizeifahrzeug stand da und ein Krankenwagen und ein Schrottberg, um den sich Männer bemühten. Schrille Sägegeräusche drangen zu mir. Was ist, was war? Eine Stimme von der Seite meldete, sie wäre da noch drin, man müsse sie raus schneiden … Sie schafften es, Sanitäter handelten geschickt und rasend schnell, verluden sie und brachten sie mit Martinshorn ins Kreiskrankenhaus, in das, in dem sie arbeitete. Auch die Freunde wurden schwer verletzt, Not versorgt und ins Klinikum gebracht. Vernichtende Herz- und Lungenprellungen, Rippenbrüche mit einer Rippe durch die Lunge, ließen meinem Stern noch zwei Stunden leben, dann erlosch er.

Ich starb mit Danny. Es war eine Tragödie für alle. Ihre Eltern zerbrachen und mein Verhältnis zu ihnen mit. Jetzt verlor ich mich in einem tiefen schwarzen Loch. Meine Eltern kümmerten sich nicht viel um die Sache, sie nahmen es eher auf die leichte Schulter, meinten nur, es würde alles ins Lot kommen. Ich vergrub mich wochenlang in meinem Zimmer, aß nichts mehr, schmiss meine Ausbildung und wollte mit niemandem reden. Nur Trauer umgab mich, über Wochen, Monate und Jahre. Zwar musste ich irgendwann aufstehen. Auch die Freunde bemühten sich um mich. Ich musste wieder etwas tun, aber die Welt hatte sich verändert, sie hatte ihre Schönheit und ihr Lachen und ihren Sinn verloren.

Die Trauer ließ sich mit Arbeit besser aushalten. Ich füllte meine Zeit damit, um das grauenhafte Gefühl nicht so stark erleiden zu müssen.

Aushalten, warten

Die Minuten ziehen sich ins Unendliche und können nicht gefüllt werden. Draußen hab ich Arbeit und Rhythmus, Verpflichtungen und Abwechslung. Plötzlich bin ich weggesperrt und ich kann nicht einmal jemandem mitteilen, was hier läuft und hier bekomme ich keine Auskunft, wie es weiter geht, reinster Horror. Thali wühlt meine Brust auf, blitzt mir im Kopf, ich habe sie belogen. Ich durfte sie in die Sache nicht einweihen, wollte sie schützen; letztlich war mir klar, dass die krumme Tour schief gehen konnte, dann war es besser, sie wusste nichts. Wird sie das verstehen? Kommt sie überhaupt? Mein Zimmergenosse näselt etwas, noch einmal, ich reagiere nicht, zeige ihm nur meine Hinterseite, will mit ihm nichts zu tun haben.

Sieben Tage vergehen, die Zelle öffnet sich, dieses Mal nicht zur Essensausgabe. Ein Beamter nennt meinen Namen und nimmt mich mit in einen kleinen Raum mit Tisch und Stuhl und Telefon an der Wand und befiehlt kurz, ich solle warten. Zum ersten Mal seit Tagen bin ich allein, und nun? Einige Minuten später tritt ein Mann im Anzug ein, eine Aktentasche in der Linken, streckt mir die Hand zum Gruß entgegen, eine Geste, die ich hier bisher noch nicht erlebt habe. Er stellt sich als Herr X. vor, mein zukünftiger Anwalt, den mein Bruder besorgt hat.

Endlich jemand von draußen und er hört mir zu. Ich erkläre ihm alles über die Tat, so wie es zuvor der Polizist und der Haftrichter von mir erfahren haben, nur mit dem Unterschied, dass dieser Mann auf meiner Seite steht. Er sagt mir, dass die Polizei ermittelt, er kann mir nichts Genaues nennen. Als vorsichtige Prognose erfahre ich, drei Jahre Haft werden es werden. Allerdings nur, wenn das Ganze nicht als Bandenkriminalität läuft, dann müsste ich mit sieben Jahren rechnen. Mir bleibt schier die Luft weg. Jetzt dürfte ich auf keinen Fall mehr, als die bereits genannten Komplizen nennen, drei oder vier Leute, das ergibt noch keine Bande. Das klingt alles so absurd. Eines muss ich wissen:

„Was ist mit dem Jungen, was ist mit ihm passiert?"

„Er ist frei. Die Polizei hat ihn noch in der Nacht frei gelassen. Er ist nicht mehr verdächtig, muss nur noch einmal zur Aussage aufs Revier."

Gut, ich bin ein bisschen erleichtert. Für mich gibt es diese Aussicht noch nicht. Ich flehe ihn an, er muss mir helfen, die Strafe auf Bewährung zu kriegen. Oder der Versuch auf Kaution rauszukommen, ich bitte ihn innig, sich auch darum zu kümmern. Und außerdem muss er unbedingt Thali erklären, was passiert ist. Der Anwalt verspricht zu tun, was geht und ich hoffe. Von meiner Familie erzählt er nichts. Als ich wieder auf meiner Liege in der Zelle an die Decke starre, bin ich mir sicher, meine Brüder besuchen mich bald. Ein Bruder saß schon in Haft und ich habe mich damals um ihn gekümmert, ihn besucht und unterstützt, wo es ging damit er nicht abstürzten würde. Die Eltern kommen nicht, vermute ich, sie sind alt und der Vater gebrechlich. Leider hielt er sich nicht an die Nahrungsumstellung, die ihm der Arzt unbedingt verordnet hatte. Gutes üppiges Essen gehört bei uns immer zur Familie, Diät zu halten ist schier unmöglich. So krallte der Zucker seine Körper, er wurde blind, die Nieren versagten, er muss zur Dialyse, ein Bein wurde entfernt. Das Familienoberhaupt trat seinen Posten ab und mein Bruder Rami übernahm seine Stelle.

Ich bin mir sicher, er wird kommen. Die Eintönigkeit der Anstalt erdrückt mich, jetzt noch mehr, der Anwalt konnte mir keine Hoffnung auf einen guten Weitergang vermitteln. Drei Jahre Knast, das kann ich mir im Moment nicht denken, ich akzeptiere es einfach nicht.

Am nächsten Morgen finde ich mich im Spiegel, oder besser ich erkenne mich nicht wirklich. Was ich sehe, ist ein düsteres Gesicht, unrasiert, mit dunklen Schatten, Falten auf der Stirn, zerzaust. Es gibt keine Pflegeutensilien, alles muss man sich kaufen und ich habe kein Geld. Außerdem werde ich hier nur einmal in der Woche aus der Zelle zum Duschen entlassen, kein Wunder stinkt mein Zellenkollege wie ein Schwein. Und diese Knastklamotten, ich hasse sie! Das Schloss knackt und ein Aufseher steckt den Kopf herein:

„Samet, Besuch."

Ich versteh nicht und sehe meinen Genossen fragend an. Der nickt,

„Ja du bist gemeint, hast Besuch."

Der Aufseher führt mich wieder durch die Gänge. So schnell ist Rami da, es beruhigt ein wenig zu wissen, die Familie vergisst mich nicht. Ich werde dem Bruder sagen, er soll nach den Kindern sehen, ihnen erklären, dass es mir gut geht und dass ich sie bald wieder sehen werde. Der Beamte tritt vor, ich komme in den Besucherraum und sehe – Thali! Mein Herz hämmert, zum ersten Mal gibt es Licht in diesem Gebäude. Sie blickt mich mit traurigen Augen an, wirkt mager und kleiner. So hilflos möchte ich sie nur beschützen, in den Arm nehmen und ihr sagen, ich passe auf dich auf. Nach dem ersten Schreck gehe ich auf sie zu, sie lächelt und ich umfasse sie sanft, sie hält sich an mir fest. So können wir nur stehen und weinen. Ich flüstere:

„Es tut mir leid, es tut mir so leid ..."

Sie schluchzt und presst heraus:

„Warum hast du das gemacht?"

Ich kann ihr so schnell nicht erklären, wie alles gekommen ist, aber ich weiß, für sie werde ich alles ändern. Es tut so unendlich gut sie zu spüren und ich verstehe, wie nie zuvor, wie wichtig sie für mich ist:

„Ich werde dir alles erklären, mein Engel, alles. Aber jetzt darf ich nichts über die Sache erzählen, die Polizei ermittelt noch."

Ich drücke sie zärtlich an mich, streichle über ihr Haar, sauge ihren Duft ein, den ich brauche wie die Luft, die ich atme.

„Wie geht es dir?",

will ich wissen. Mein Schatz blickt mit Riesenaugen zu mir hinauf; wie ein kleines Kind, sieht sie aus, ein Kind, das seinen Lieblingsteddy verloren hat.

„Scheiße geht es mir, ich kann nicht schlafen, kann nicht essen, bin mit den Nerven am Ende."

Ihre halb erstickten Worte landen wie Hiebe auf meinem Körper. Aber wird sie mich jetzt verlassen? Ich muss es wissen:

„Verzeihst du mir?"

Sie blickt mich lange an, hält mich immer noch im Arm, ihre Stimme klingt klarer und schenkt mir Sonne und Wärme:

„Ja, ich verzeihe dir. Ich werde auf dich warten, ich werde für dich da sein."

Wieder umklammern wir uns, mit der düsteren Vorahnung, wir müssen diesen Eindruck für einige Zeit konservieren. Ich bin ihr so unendlich dankbar, dass sie gekommen ist, nach diesen qualvollen Tagen der Fragen und Ängste und Zweifel. Klar, ich muss noch immer sitzen, aber wenn ich weiß, da draußen wartet jemand auf mich, wird es erheblich leichter. Wir umklammern uns und ich sauge ihre Berührung auf wie ein Lebenselixier. Sie erklärt mir, sie könne 10 000 Euro Kaution besorgen und bittet mich:

„Schreib mir jeden Tag, bitte. Wenn ich einen Tag keine Post von dir bekomme, überlebe ich das nicht."

Natürlich verspreche ich es und auch sie will mir Briefe senden, damit ich weiß, wie es ihr und den Jungs geht.

„Ich werde jeden Tag, solange du hier bleiben musst, Punkt 21 Uhr am Fenster stehen und ganz fest an dich denken, eine Stunde lang",

flüstert sie mir ins Ohr.

„Oh mein Engel, das werde ich auch tun!",

verspreche ich ihr mit tränengetränkter Stimme. Ich war ein Riesenidiot, hatte einen großen Fehler gemacht und so meine Beziehung aufs Spiel gesetzt, so viel Dummheit tut mir körperlich weh. Ich würde ihr sonst was versprechen, um alles wieder gut zu machen. Aber wir können nicht viel reden, ein Beamter steht daneben und nach 45 Minuten muss sie gehen. Ich erfahre, dass sie mich nur ein- bis zweimal im Monat für eine halbe Stunde besuchen darf, eine bittere Vorausschau. Ich muss sie weg lassen, ein letzter Kuss, verzweifelter Blick und am Ende, als ich den Raum verlassen muss, ein Handkuss, sie lächelt sogar tapfer.

Wieder in meiner Zelle, bin ich ein klein wenig erleichtert und werde die Klamotten so lange es geht behalten, damit ich ihren Duft daran nicht verliere. Zu den Knastklamotten gibt es für jeden Häftling Briefpapier und Kugelschreiber, Kuverts und Briefmarken. Telefonieren kann ich in der U-Haft nicht mit der Außenwelt aber zumindest Post austauschen, das kann mich vielleicht ein bisschen aufbauen. Allerdings muss ich und auch mein Schatz Geduld haben, die Briefe werden zuerst vom Richter geprüft, bevor sie an den Empfänger geleitet werden. Ich nehme mir vor, ihr trotzdem täglich zu schreiben. Auch meinen Kindern, die ich schmerzlich vermisse. So kann ich sie vielleicht ein bisschen beruhigen. Von meinem Anwalt erfahre ich bald, dass er immer wieder mit meinem Schatz telefoniert und sie über Neuigkeiten informiert. Er erzählt mir, dass sie mir einen Arbeitsplatz besorgt hat, sogar den Vertrag in der Tasche habe, das alles sind gute Voraussetzungen für eine Bewährungsstrafe. Ich sehne den ersten Verhandlungstag herbei, damit sich endlich was bewegt.

Nach ein paar Tagen bringt man mich in den ersten Stock zum zuständigen Chef der Abteilung. Er ist kein unfreundlicher Mensch und erklärt mir:

„Ich will hier Ordnung und Disziplin."

„Das ist okay für mich, ich möchte so schnell wie möglich hier raus, deshalb werde ich mich hier anständig benehmen."

„Gut."

Er nickt und erklärt weiter:

„Wenn was ist, kommst du auf mich zu. So und nun, in welche Zelle willst du?"

Ich verstehe nicht:

„Häh, kann ich mir das aussuchen?"

„Also wir haben Marokkaner, andere Afrikaner, Russen und Türken. Auch Landsleute von dir. Du kannst dir aussuchen, zu welcher Nation du möchtest."

„Was ist mit Deutschen?"

„Ja klar haben wir auch, wir sind ja schließlich in Deutschland. Aber es gibt auch Araber, da kannst du auch hin."

Ich schüttle mit dem Kopf:

„Wenn es geht, möchte ich zu Deutschen. Ich bin hier aufgewachsen und kann gut mit den Leuten hier. Es ist bei mir anders, als bei anderen Ausländern. Durch fremde Mentalitäten und Denkweisen wollen die sich oft nicht anpassen. Es kann sein, wenn die sich etwas in den Kopf gesetzt haben, wird drauf beharrt und dann gibt's Stunk, dem will ich aus dem Weg gehen. Mit den Deutschen habe ich meine Ruhe, das will ich hier."

„Gute Einstellung",
findet er und veranlasst meine Verlegung in eine Viermann-
zelle im ersten Stock.

Ein paar Tage nach Thalis Besuch, kommen meine Brüder. Ich bin zwar froh, dass sie da sind, allerdings erinnere
ich mich daran, ich war der erste, der den Bruder damals
besucht und ihm die Kaution besorgt hat. Ich hoffe, sie werden zu mir halten, ich weiß nicht was kommt. Tatsächlich
bekomme ich bald einen Brief von Thali. Es ist ein Lichts-
trahl im tiefen Loch. Trotzdem sorgen mich ihre Zeilen. Sie
schreibt, meine Brüder haben sie besucht. Sie drohten ihr,
sie solle mich in Ruhe lassen. Ich stelle mir vor, wie drei
kräftige Kerle vor der zierlichen Person stehen, was hat sie
für eine Chance? Weiter erzählt sie, die Brüder wollten Geld
und meine ganzen Sachen. Sie behaupteten, es müsse noch
Geld da sein. Außerdem wollten sie das Auto und das Motorrad mitnehmen. Sie habe eine Familie zerstört, warfen
sie ihr an den Kopf und lästerten, ich würde mich sowieso
heimlich mit Gisela treffen. Außerdem bekäme ich sieben
Jahre Knast, ob sie das nicht wisse. Sie schreibt weiter, sie
hätte sich nicht weichklopfen lassen, habe ganz klar und
deutlich gesagt, sie sollten verschwinden, von ihr bekämen
sie nichts! Den Schlüssel für das Motorrad habe sie ihnen
dann doch gegeben, bevor sie es ruinieren würden, mitgenommen hätte sie es eh. Das Schlimmste ist die Lüge, die
sie Thali vorsetzten und mit der sie ihr ins Gewissen reden
wollten. Sie behaupteten, meine getrennt von mir lebende
Frau, bekäme ein Kind von mir und sie sei schuld, sie würde
die Familie zerstören. Ich kenne Thali, sie ist sensibel und
sehr gewissenhaft, das wird sie erschlagen. Mehr denn je
erdrücken mich diese Mauern, ich will die Kerle zur Rede
stellen, ihnen eine aufs Maul geben, damit sie mein Mädchen ein für alle Mal in Ruhe lassen. Die einzigen Waffen

sind Papier und Schreiber. In einem ausdrücklichen Brief beschimpfe ich meine Brüder und fordere sie auf, meine Freundin in Ruhe zu lassen. Sonst würde ich alle Hebel in Bewegung setzen, um sie in die Finger zu kriegen und dann ... Sie kennen mich und wissen, irgendwann komme ich hier raus und dann Gnade ihnen Gott. Es wirkt, im nächsten Brief von Thali erfahre ich, sie waren nicht mehr bei ihr.

Ich werde von den neuen Zellengenossen begrüßt, Andi, Gustl, Alex, einer witzelt:
„Was ist denn das für einer, ist das George Clooney?"
Ich reagiere nicht, will von ihnen nur wissen, welches mein Bett ist und verkrümele mich, ohne die anderen zu beachten. Noch immer verweigere ich Essen, die Zellen-Kumpane freut es, sie teilen sich meine Ration. Am Abend stehe ich am Fenster, Punkt 21 Uhr und denke an sie, noch intensiver als sonst, und ich spüre, sie ist da. Sie brachte mir mit ihrem Besuch Hoffnung, wie ein Feuerzeug in eine düstere Grube und ich setze mich täglich hin und schreibe ihr einen Brief oder auch zwei. Immer kann ich mich an Zeilen von ihr aufbauen. Sie schickt mir ihren Gästebucheintrag, den sie mir im Internet geschrieben hat, ausgedruckt:

„Für Dich
In meinen Träumen warst du immer da,
so unendlich fern und doch so nah,
ich habe dich nicht gesucht und doch gefunden,
nun ist mein Herz ewig an Dich gebunden
Nie verlieren, möcht´ ich Dich im Leben, sterben würd
ich,
sollte es Dich für mich nicht mehr geben.
Die Sehnsucht und Liebe packt mein Herz,
kaum zu ertragen, der sehnsuchtsvolle Schmerz.

40

Die Entfernung zu Dir so riesengroß,
was ist bloß mit mir los?
Doch bald so hoffe ich, schließ ich meine Arme um Dich,
darf deine Liebe, Nähe und Wärme spüren,
darf Dich mit meinen Händen zärtlich berühren.
In deine Arme nimmst Du mich, sagst vielleicht „ich
liebe Dich",
halt mich fest, lass mich nie mehr geh'n,
möchte immer und ewig Dir zur Seite stehn'.
Mein Leben möcht' ich mit Dir teilen,
ewig in Deinem Leben verweilen..."

In ihrer gleichmäßigen runden Handschrift geschrieben, lese ich noch:

„Egal, wohin Du mich auch führst ... Ich liebe Dich."

So düster diese Situation sein mag, uns beide schweißt diese schwere Zeit noch inniger zusammen. Die Worte auf Papier sind voller Zärtlichkeit und Leidenschaft, aber ich spüre auch ihr Leiden und ihre Verzweiflung. Auch ich versuche sie aufzubauen und weiß, einen Menschen so fest an der Seite zu wissen, ist der größte Schatz.

Weiter leben

Meine Umwelt ließ mir keine Ruhe. Auf Dauer konnte ich mich nicht in meinem Zimmer bei den Eltern vergraben. Freunde schleppten mich mit nach draußen aber ich litt unter dem Alleinsein enorm. Die Eltern drängten mich zum Heiraten. Was sie meinten, war die traditionelle Art, wie sie es von Palästina kannten. Es ist üblich, dass Eltern die Partner für ihre Kinder aussuchen. Dabei kann es sein, dass er oder sie den zukünftigen Partner nicht einmal kennt. Sie würden eine gute Frau für mich finden, beteuerten sie, und dann wäre alles wieder gut. Meine älteren Geschwister hatten die Zeremonie schon hinter sich. Mir war, gerade jetzt, diese Fremdbestimmung zuwider. Die vollkommene Liebe war mir begegnet, niemals könnte ich eine andere, womöglich fremde Frau, an meiner Seite glücklich machen oder auch nur akzeptieren. Meine Antwort - Nein!

Ich raffte mich auf, um eine Ausbildung zum Chemiefacharbeiter durchzuziehen. Die dauerte drei Jahre, jetzt hatte ich einen Berufsabschluss in der Tasche. Allerdings gefiel mir der Beruf ganz und gar nicht. Die Stoffe, mit denen ich in Berührung kam, waren ungesund, und ich wollte raus, nicht nur in einem Gebäude eingesperrt sein. Ich fand einen Job als Kraftfahrer, was mir sehr viel mehr lag.

Im Jahr 1993 war ich mit einem befreundeten Pärchen in Vaihingen unterwegs. Irgendwann landeten wir bei Miriam, sie war die Freundin der Freundin meines Kumpels. Es wurde ein gemütlicher Nachmittag und es folgten weitere Unternehmungen zu viert. Ich verstand mich gut mit Miriam, sehr gut sogar.

Sie war Deutsche und hübsch, und wenn wir uns begegneten, fühlte ich mich besser, das erste Mal seit Dannys Tod. Klar hatte ich immer wieder ein Mädchen im Arm, bandelte hier und dort an, um nach ein paar Wochen wieder Schluss zu machen, weil mein Herz nicht offen war für eine Beziehung. Stets empfand ich nach einer gewissen Zeit irgendwie Enge. Ich wollte die Frauen nicht hinhalten, nur damit ich nicht allein wäre. Wenn ich merkte, es stimmte nicht, sagte ich Tschüss. Aber mit Miriam war es anders. Sie war unkompliziert und sehr nett und auch der Sex passte. So ergab es sich, dass wir beiden zusammenkamen.

Ein Jahr später zogen wir in eine gemeinsame Wohnung nach Aurich. Eine ruhige Zeit begann, ich arbeitete viel und hatte eine nette Frau an der Seite. Sie ließ mich sein, wie ich bin und wir verstanden es, das Leben gemeinsam zu gestalten. Miriam liebte mich sehr und konvertierte zum Islam. Ich selbst war zwar zufrieden, aber das große Gefühl, das mich bei Danny so sehr beglückt hatte, empfand ich für Miriam nicht. Trotzdem heiratete ich sie 1996, in der Moschee und auf dem Standesamt. Wir waren selbstverständlich geworden und das Leben ratterte gleichmäßig.

Ein weiteres Jahr später fuhr ich als selbstständiger Unternehmer Touren. Das hieß natürlich noch mehr Arbeit und weniger Zeit für meine Frau. Miriam fuhr bis dato nur Auto. Wir beschlossen, dass sie bei mir einsteigen und für mich fahren könne. Ich lernte ihr zuerst mit dem „Ducato" fahren. Dann brachte ich ihr den Umgang mit Anhänger und das Rangieren bei und sie wurde mir eine fleißige Mitarbeiterin.

Ich war nicht nur beruflich unterwegs. Gern suchte ich Abwechslung mit meinen Kumpels. Wir zogen abends als Männer-Clique um die Häuser, nicht oft, ab und zu. Miriam wollte mich begleiten, ich hatte sowieso wenig Freizeit und die hätte sie gerne mit mir verbracht.

Mich zog es aber selten nach Hause. So stand sie nun als einzige Frau in der Männerriege. Das störte nicht nur mich, sondern auch die Freunde. Sie sah es ein, dass sie in der Gruppe nur geduldet und letztlich wie das fünfte Rad am Wagen wirkte. Miriam war aber mit der Situation so nicht mehr zufrieden. Sie begann mir nach zu telefonieren, fragte ständig, wann ich käme und wo ich wäre. Wir hatten schon ein Handy, in den 90ern eine teure Angelegenheit. Die Rechnung stieg damals auf 200 bis 300 DM pro Monat. Es begann zwischen uns zu kriseln, weil mich ihre anhängliche Art stresste.

Es wurde schlimmer, sie spionierte mir nach, verfolgte mich regelrecht. Jetzt kam es immer öfter zum Streit. Sie spürte, dass mein Interesse an ihr nicht mehr sehr groß war, vielleicht vermutete sie eine andere Frau, der sie auf die Schliche kommen wollte. Meine Beteuerungen, dass da nichts dran sei, glaubte sie nicht wirklich und die Spionage ging weiter. Mich zog es zwar nicht mehr euphorisch zu ihr, alles war Gewohnheit und irgendwie eintönig geworden, aber ich hätte sie nie betrogen. Für mich galt und gilt der Grundsatz, wenn ich in einer festen Beziehung bin, würde ich nie eine andere Frau anbaggern, eher würde ich mir den Kopf abhacken lassen. Auch könnte ich kein Mädchen verführen, das mit einem Mann fest gebunden ist. Miriam hatte keinen Grund, mir etwas vorzuwerfen, trotzdem wurde ich ständig von ihr ausgefragt und sie kontrollierte, wo ich hinging. Es wurde unerträglich.

Wir arbeiteten beide viel und ich schlug Miriam vor, sie könne eine Pause brauchen. Sie buchte, gemeinsam mit einer Freundin, eine Tour nach Ägypten, um sich vom Arbeitsstress und den Beziehungswirren zu erholen. Sie war kaum weg, da packte ich ein paar Sachen zusammen und schrieb ihr einen Brief.

Ich versuchte ihr zu erklären, dass ich nichts mehr für sie empfand. Weiter erklärte ich Ihr, dass wir viel zu viel streiten würden und sie doch sicher mit mir auch nicht glücklich wäre. Ich würde sie verlassen und zu meinen Eltern zurückgehen, nach Stuttgart-Feuerbach und ich wünschte ihr alles Gute. Als sie zurückkam, fiel sie aus allen Wolken, ich hatte sie überrumpelt.

Miriam akzeptierte die Trennung nicht, sie kam zu meinen Eltern, beschimpfte mich, jammerte, flehte, weinte und versuchte alles, damit ich wieder zu ihr zurückkäme. Es war ein Drama. Immer wieder stand sie da, schrie mich an, schimpfte oder wimmerte, sie war völlig am Ende. Dann wurde sie in die Psychiatrie eingeliefert. Mich berührte ihr Zustand. Und trotz der großen Bedenken meiner Eltern, kehrte ich zu ihr zurück.

Aber ich weigerte mich, den bisherigen erdrückenden Zustand mit ihr weiterzuleben. Wir setzten uns hin und redeten, wie wir uns ändern wollten, um gemeinsam glücklich werden zu können. Wir einigten uns und der Alltag konnte weiter gehen.

Eine Weile war es ruhig, viel Arbeit, ein nettes Miteinander, mehr nicht. Eines Abends, ich war etwas früher zu Hause, fragte sie mich, ob ich noch weg wolle, sie wolle mir etwas sagen. Für mich war das okay. Nach dem Essen tranken wir noch etwas und sie fing vorsichtig an:

„Du Khalil, mir war es in letzter Zeit nicht gut. Es geht grad eine Darmgrippe um, ich muss mich wohl angesteckt haben."

Ich wusste, so etwas würde sie mir nicht offiziell erzählen, worauf wollte sie hinaus?

„Ja das ist Mist, war es das, was du mir erzählen wolltest?"

„Ja und nein."

„Wie?"

„Also wegen des Durchfalls hat die Pille nicht mehr gewirkt."

Mehr musste sie nicht erzählen, ich ahnte es schon und schaute sie an. Sie blickte mit großen Augen zu mir, irgendwie erwartungsvoll.

„Was heißt das, bist du schwanger?"

Miriam nickte. Mein Bauch jubelte nicht, im Gegenteil. Ein Kind, jetzt? Wir schufteten beide viel, der Betrieb verlangte uns alles ab. Die Zeiten waren schlechter geworden, jetzt Ende der 90er. Außerdem lebten wir nicht die innigste Beziehung, ich konnte mir eine Umstellung mit einem Kind zu dem Zeitpunkt nicht denken.

„Khalil, das ist doch toll, wir sind jetzt schon bald drei Jahre verheiratet, lass uns eine Familie mit Kind werden."

„Was? Nein Miriam, das passt jetzt nicht, du weißt, ich bin kaum da und wir müssen jetzt für den Betrieb viel tun, damit wir überleben können. Wir haben das nicht vorher besprochen."

„Das ist doch egal, jetzt ist es halt passiert und dann können wir es doch so nehmen. Das wird schon klappen mit dem Geschäft. Du liebst doch Kinder auch?!"

„Natürlich liebe ich Kinder, aber es muss auch passen. Wir müssen auch Zeit dafür haben. Wir sollten uns darauf einrichten können."

„Jetzt ist es aber nun mal passiert."

„Du musst es nicht bekommen, Miriam, du kannst es auch abtreiben lassen, wenn es bei uns nicht gut ist. Besser so, als wenn ein Kind dann immer abgeschoben wird."

„Nein, nein, es wird passen, du wirst sehen. Es ist doch wunderbar, ein Kind zu haben."

Ich wurde wütend, es war nicht die Frage, ob Kinder wunderbar wären, sondern es ging um den richtigen Zeitpunkt.

„Warum denkst du, dass es der richtige Zeitpunkt ist, wir haben nie darüber geredet?"

Sie stocherte nach einer Erklärung und konnte dann nur trotzig sagen, sie wisse es eben, sie fühle, dass es der richtige Zeitpunkt wäre. Ich war überrumpelt, was sollte das werden, ein Unfallkind? Gerade jetzt, die Touren waren anstrengend, ich musste mich ziemlich ins Zeug legen, damit es gut weiter gehen konnte. Außerdem bräuchten wir eine neue Wohnung. Ich hatte kein gutes Gefühl. Aber Miriam ließ sich nicht davon abbringen, sie wollte das Kind.

Die nächsten Tage spukte mir der Gedanke ständig im Kopf. Ich liebe Kinder wirklich, ich komme aus einer Kultur, in der Kinderreichtum selbstverständlich ist, auch für mich. Trotzdem konnte ich mich jetzt nicht auf das Kind freuen. Irgendwann erfuhr ich zufällig, dass Miriam in letzter Zeit kerngesund gewesen war, kein Infekt, kein Durchfall. Und eine weitere Entdeckung schlug bei mir ein wie ein Donnerblitz, sie hatte die Pille abgesetzt. Ich stellte sie zur Rede, was das sollte. Letztlich kam heraus, dass sie immer noch Angst hatte, ich könnte sie verlassen. Sie dachte, ein Kind könne uns besser zusammenschweißen. Sie hatte nur das Gegenteil erreicht.

Miriam bekam 1996 ein Mädchen, ich hatte eine süße kleine Tochter, mein erstes Kind, Viktoria. Die Aufregung nach dem Verrat hing mir noch lange nach. Trotzdem verließ ich Miriam nicht, das konnte ich nicht, ich wollte das Kind nicht allein lassen. Für mich war klar, mit diesem neuen Erdenbürger hatte ich eine Verantwortung und ich schwor, dieser Aufgabe wollte ich immer nachkommen. Ich litt aber unter dem Betrug, sie wollte mich festhalten mit einem Kind, einem unschuldigen Wesen, das brodelte in mir. Wir zogen im selben Jahr mit dem Kind in eine größere Wohnung nach Gernsheim. Miriam verliebte sich in das kleine Wesen.

Sie umsorgte es liebevoll und ich trat in den Hintergrund, für mich gab es keine Zeit mehr. Aber das konnte ich gut verkraften, denn unsere Beziehung passte schon lange nicht mehr. Es war nicht erst seit der Pillensache, das war vielleicht der letzte Akt um alles vollends zu beenden. Eigentlich empfand ich zu wenig für sie, es gab keine Liebe, von meiner Seite jedenfalls nicht. Das Zusammenleben zog sich und fühlte sich schlecht an. Ich wusste, für Vicki würde ich immer sorgen und da sein, so gut es ging. Bei Miriam wollte ich nicht bleiben. Wir redeten darüber und trennten uns. Die Scheidung wurde 1998 wirksam.

Wieder begann eine Zeit, die fast nur von Arbeit erfüllt war. Eine Tristesse überkam mich, das Alleinsein schmeckte mir nicht und nur Arbeit, das konnte das Leben nicht sein. Da beschoss ich, einen ganz anderen Weg zu gehen.

Hoffnungsschimmer

Mein Anwalt informiert mich, die Verhandlung soll Anfang September stattfinden. Alle sind davon überzeugt, es wird ungefähr eine dreijährige Strafe werden. Ich darf nicht daran denken, es ist der Horror. Hier vergeht die Zeit nicht, Stunden ziehen sich, Monate wirken wie Jahre. Ich bin tot hier, vegetiere wie in einem Sarg, Platzangst. Auch die Aussicht, dass ich bei guter Führung noch ein halbes Jahr in Stammheim bleiben müsste und dann in ein „leichteres" Gefängnis verlegt werden könnte, tröstet mich nicht. Nur Briefe von Thali halten mich am Leben. Eine Post vom 29. Mai 2007, ihr erster Brief, der mich aber erst erreicht, als sie mich in Stammheim schon besucht hatte:

„Hallo mein Engel! Mein Schatz, wie geht es dir? Genauso wie mir ...? Ohne dich mein Schatz ist jede Stunde schmerzlich, ich sehne mich nach Deiner Geborgenheit. Du fehlst mir verdammt. Der Wind weht gerade so stark und die Wolken ziehen so schnell vorbei, ich wünschte, er könnt mich zu dir wehen ... Doch bald schon kann ich dir gegenüberstehen, ich versuche, einen Termin zu bekommen! Ich wünsche, dass dann diese 30 Minuten nie vorbei gehen mögen. Mein Engel, ich komm und wir werden reden! Der liebe Gott wird uns helfen, weil wir uns lieben, verdammt. Ich liebe dich. Und ich bin jede Sekunde bei Dir, mein Leben! Die Hoffnung bitte nicht aufgeben, sei stark, denn wir brauchen uns. Ich liebe dich. Bis bald. ..."

Sie kommt, so oft es geht. Dann können wir uns kürzer als eine Stunde sehen, reden, weinen und müssen auftanken für die nächsten Wochen. Mein Engel schickt mir Geld, 150 Euro im Monat. Ich darf über das Geld, die 6000 Euro, die ich in der Tasche hatte, als sie mich fassten, nicht verfügen. Es gibt einen EDEKA-Laden in Stammheim, dort können wir Insassen einmal pro Woche einkaufen, alles, was auch ein Supermarkt draußen bietet. Ich kann mir endlich anständiges Waschzeug kaufen und Obst. Frisches Essen gibt es selten, das fehlt mir. Ich habe einen Grund, mich nicht gehen zu lassen. Ich möchte für sie weiter hoffen und das Dilemma ertragen. Leider wird es schwerer, als ich erfahre, dass Rusa bei ihr anrief. Mein Engel erzählte mir, Rusa oder deren Freundin würden sie am Telefon beschimpfen, Tag und Nacht. Ich sitze hier und bin machtlos. Jetzt kann sie toben, jetzt wo ich sie nicht stoppen kann. Dabei habe ich sie nie schlecht behandelt, es hätte ihr schlechter gehen können und es ist auch ihre Schuld, dass alles so weit gekommen ist.

Ein neuer traditioneller Weg

Die Eltern lebten ihre ureigenen Traditionen so gut es ging, auch in Deutschland. Wie schon gesagt, will es der arabische Brauch, dass Kinder von ihren Eltern gut verheiratet werden. Wie oft hatten sie an mich hingeredet, dass sie eine geeignete Frau für mich suchen würden? Oft genug. Es musste eine „gute Partie" sein und meine Frau müsste sich mir ganz anpassen, auch das war üblich in den arabischen Ländern. Obwohl meine Mutter alles andere als unterwürfig auftritt. Meine beiden älteren Geschwister hatten es mir vorgelebt. Waren sie glücklich? Auf jeden Fall besser dran als ich, davon war ich überzeugt. Mit meinen 26 Jahren stand ich völlig einsam im Leben. Meine große Liebe verließ mich schon nach eineinhalb Jahren himmlischer Zweisamkeit. Noch immer dachte ich voller Sehnsucht und mit Traurigkeit an meine süße Danny. Die Zeit mit Miriam versandete in Gleichgültigkeit und ich ahnte resigniert, rechte Liebe, wie damals, das gibt es nur einmal im Leben.

Aber allein bleiben wollte ich nicht. Die Freunde um mich und meine Geschwister gründeten Familien. Ich hatte zwar eine Tochter, aber ein Zusammenleben mit Miriam und Vicki konnte ich mir nicht mehr denken, es war zu viel passiert und es gab keine Liebe. Arbeit allein konnte mein Leben nicht wirklich erfüllen, der Sinn fehlte. Wozu schuftete ich täglich? Ich hatte jetzt das sehnsüchtige Bedürfnis, in einer eigenen Familie anzukommen. Weil ich nicht mehr an die große Liebe glaubte, entschloss ich mich, den Rat meiner Eltern zu befolgen. Ihre Ansicht war eben, jeder muss zum Ursprung halten, alle bleiben, wie sie geboren wurden,

Deutsche sind Deutsche, Italiener sind Italiener und Araber sind Araber. Vielleicht hatten sie ja Recht.

Im Flugzeug nach Israel überlegte ich mir, was auf mich zukommen würde. Ich wollte sechs Wochen im Dorf meiner Eltern bleiben, Verwandte besuchen und mich nach Frauen umsehen, die in meinem Alter und heiratsfähig wären. Ich glaubte aber noch nicht, dass ich wirklich eine Frau finden würde. Meine Mutter wollte für mich alles arrangieren, das lehnte ich ab. Von solchen, durch die Eltern eingefädelten Verbindungen, hielt ich nichts. Sie solle sich raus halten, gab ich meiner Mutter klar an. Sie gab mir trotzdem die Empfehlung, ich solle in einem Haus eine bestimmte Frau besuchen, die wäre interessant und richtig für mich. Dass sie bereits bei den Eltern um meine Hand angehalten hatte, verschwieg sie.

Ich wurde in Palästina, Jordanien herzlich empfangen und überrascht. Denn überall nahm man mich mit offenen Armen auf, vor allem die Frauen! Das Dorf lebte zu 90 % von Landwirtschaft. Üblicherweise gingen die Frauen verschleiert auf den Straßen. In den Häusern stellten sie sich mir sehr freizügig zur Schau. Offene Haare, geschminkt, mit enger figurbetonter Kleidung, so wurde ich von den Damen bedient. Es hatte sich im Dorf herumgesprochen, der Deutsche ist da und sucht eine Frau. Ich hatte das Land bisher selten besucht. Es war wunderschön, vor allem die Natur. Überall gab es leuchtende Blüten, frische köstliche Avocados, Kokosnüsse, Melonen, Orangen und vieles mehr, alles in Massen, das war paradiesisch. Ansonsten lebten die Leute sehr einfach, vielleicht wie vor hundert Jahren in Deutschland. Aber der europäische Wohlstand war dort bekannt und manch eine Frau hätte sonst was gegeben, um durch eine Heirat in ein anderes Land und eine bessere Situation zu kommen. Mich schreckte diese offene Zurschaustellung der Frauen ab.

Es wirkte billig und seltsam, wenn man sah, wie vermummt die weiblichen Wesen sich dort in der Öffentlichkeit gaben. Es wirkte ein bisschen, als wollten sie sich verkaufen.

Ich wanderte von Haus zu Haus, wurde freundlich bewirtet und sah mir die Frauen genau an. In den Gesprächen erfuhr ich, dass meine Mutter bereits eine Frau für mich ausgesucht hatte. Ich war sauer, hatte ich ihr nicht die Einmischung verboten? Trotzdem wollte ich mir die Dame ansehen. Also besuchte ich auch dieses Haus. Die Frau gefiel mir nicht, weder ihre Art noch ihr Aussehen. Sie war besonders nett zu mir und redete mich so persönlich an, als würden wir uns bereits Jahre kennen. Das wirkte nur noch befremdlicher auf mich. Es wurde mir zu viel. Über 30 Frauen bemühten sich um mich, ich spürte, dass deren Eltern gern einen erfolgreichen „deutschen" Araber zum Schwiegersohn hätten. Ich bemerkte, wie sie ihre Töchter, alle zwischen 16 und 25 Jahre alt, animierten, mir schöne Augen zu machen. Vielleicht lag es daran, dass ich in einem anderen Land aufgewachsen bin und gewohnt: Eventuelle Paare müssen sich erst kennen lernen, bevor sie selbstbestimmt zusammenkommen. Oder vielleicht störte mich die Stellung der Frau, sie war hier so ganz anders wie in Deutschland. Frauen untergaben sich den Männern vollständig, das gefiel mir überhaupt nicht. Diese Frauen waren hübsch und freundlich, aber keine von ihnen zog mich an. Ich machte das, was mir mein Gefühl sagte, die Aktion „Frauenwahl" war gescheitert. Das teilte ich auch meinen Eltern mit und den Leuten dort. Die waren entsetzt, wie konnte ich mich dem Willen meiner Eltern widersetzen?! Jetzt wandelte sich ihre gute Meinung ins Gegenteil. Das Thema Brautschau war für mich erledigt, ich wollte die restliche Zeit mit meinen Verwandten und Bekannten in fröhlichem Einklang verbringen, bevor ich nach Deutschland zurückflog.

Ein Familienmitglied hatte die Idee aufs Feld hinaus zu gehen und Melonen zu holen, zu der Zeit erntete man die Früchte gerade. Ein paar Männer und ich brachen auf, um das Feld zu besuchen. Am Feldrand stand ein Zelt. Auch hier wurde, wie überall, für die Gäste Tee serviert. Zum ersten Mal, seit ich angekommen war, erschien eine verschleierte Frau mit Tablett und Teegläsern. Sie war jung und was ich sah, war hübsch. Ihre Augen schauten keusch nach unten, aber huschten dann doch immer wieder, ganz kurz, neugierig zu mir herüber. Wie gesagt, es war nur für kurze Augenblicke, aber die reichten, um auf mich zu wirken. Dieses Wechselspiel aus schüchternen Gebärden und frech blitzenden Augenaufschlägen reizte mich. Sie war so anders als die anderen und sie gefiel mir auf Anhieb. Zuerst dachte ich, sie sei vergeben, gerade weil sie sich so verdeckt verhielt. Nachdem sie die Gläser verteilt hatte, verschwand sie schnell nach draußen. Ich wartete gespannt, dass sie zurückkäme, damit ich sie noch ein wenig beobachten könnte, aber sie blieb verschwunden. Das stachelte meine Neugier aber umso mehr an. Ich fragte bei meinen Freunden nach, ob sie vergeben sei. Sie hieße Rusa und wäre noch zu haben, 18 Jahre alt und wohne ebenfalls im Dorf, bekam ich zur Antwort. Das hörte sich gut an. Ich merkte mir ihre Adresse und nahm mir vor, die Familie des geheimnisvollen Mädchens zu besuchen. Ich kam unangemeldet in ihr Haus. Tatsächlich tauchte sie auf, auch nur kurz, dann verschwand sie. Das wiederholte sich, ich betrat immer wieder, ohne Voranmeldung dieses Haus, irgendwo lugte sie hervor oder brachte Tee, um dann blitzschnell wieder abzutauchen, wie eine Maus. Und dann trafen sich unsere Augen, ein kleiner unscheinbarer Kontakt, und da war was. Gerade ihre zurückhaltende Art trieb mich an. Ich erzählte meinen Eltern von ihr und auch, dass ich sie kennen lernen wollte. Die Mutter war entsetzt, und nicht nur sie. Das ganze Dorf stand plötzlich gegen mich. Rusas Vater kannte meine Mutter gut und mochte sie nicht. Auch er war dagegen, dass ich Rusa näher kam. Aber ich hatte mir jetzt etwas in den Kopf gesetzt. Jetzt mischten sich Bekannte aus dem Dorf ein, versuchten mich zu überzeugen, dass die Auserwählte meiner Mutter die beste Partie für mich wäre, schon des Alters wegen. Ich beklagte mich bei meinen Eltern, wie schamlos sich die Frauen hier zur Schau stellten und dass mir das nicht gefiel. Sie waren entsetzt, wie ich redete. Es gab Streit. Umso mehr sie mich umzustimmen versuchten, desto sturer widersetzte ich mich der Bevormundung, diese platten Inszenierungen störten mich.

„Nein, entweder ich suche mir selbst eine Frau oder ich fliege ohne Frau zurück und ich komme nie mehr hierher."

Meine Eltern wussten, ich würde meinen Weg gehen, auch ohne ihren Segen, deshalb willigten sie ein. Sie dachten, es wäre besser, ich würde diese „schlechte" Frau wählen, als in Deutschland eine „falsche".

Bald musste ich wieder nach Deutschland. Aber ich kehrte bald darauf zurück, und nahm mir sechs Wochen Zeit, um die junge Araberin kennenzulernen. Damit das möglich war, hielt ich um ihre Hand an. Die Zustimmung ihres Vaters bekam ich nicht, der kannte ja meine Mutter von früher und wusste, dass sie eine Hexe sein konnte und sich überall einmischte. In diese Familie wollte er seine Tochter nicht gehen lassen. Wir durften uns trotzdem sehen und verbrachten Tage miteinander. Sie war eine ruhige nette Frau, stellte nicht viele Fragen und sah hübsch aus. Sie verriet mir, dass sie sich vom ersten Tag an in mich verliebt hätte.

„Warum bist du dann so schnell verschwunden, wenn ich in deine Nähe kam?",
fragte ich sie auf Arabisch.

„Ich habe mich geschämt und hatte Angst, du würdest mich nicht wollen",

flüsterte sie. Ich lachte, sie war niedlich und ich war bald fest entschlossen, ich wollte sie heiraten. Wir schlenderten in der Stadt herum, es wurde eine heitere Zeit.

Das Schicksal spielte uns zu, denn ihr Vater starb noch, während ich in Israel war. Nun herrschte große Unruhe in der Familie. Das Familienoberhaupt fehlte und man war froh, wenn alle Mädchen verheiratet waren; ihre Brüder gaben die Zustimmung für unsere Hochzeit. Aber ich musste sicher sein, dass SIE das wirklich wollte:

„Kannst du dir vorstellen, in einer ganz anderen Welt zu leben?"

Sie wusste, ich ginge mit ihr zurück nach Deutschland und sie sollte sich das gut überlegen, dieser Schritt würde nicht einfach werden. Alles wäre anders, die Kleidung, Essensgewohnheiten, das Klima, das Zusammenleben der Geschlechter. In Palästina schliefen die Menschen nicht in Betten nach westlicher Vorstellung, aßen auf dem Boden, hatten kaum Mobiliar in den Häusern und schafften ihr Wasser aus Brunnen herbei. Die Uhren tickten anders.

„Ja, mit dir schaffe ich das!",

war sich Rusa sicher.

Wir heirateten noch im gleichen Jahr beim Priester in der Moschee. Ich flog zunächst alleine nach Deutschland, um eine Wohnung für uns vorzubereiten und ich freute mich darauf, meine kleine Frau bald holen zu können.

Indes hatte meine Mutter hatte noch keine Ruhe mit der „ausgesuchten Braut". Die verkappte „Erwählte" zeigte mir, dass sie sich in mich verliebt hatte. Allerdings gab ich ihr nie auch nur eine winzige Chance, an mich heranzukommen. Nun nahm sich meine Mutter meinen Bruder vor. Der war mit einer Deutschen verheiratet. Wie es schien, waren die beiden glücklich und lebten mit ihren beiden Kindern zufrieden. Meine Mutter legte dem Bruder ein verlockendes Angebot vor. Sie erklärte ihm, sie würde ihm ein großes Vermögen übertragen, wenn er sich von der deutschen Frau trennte und die Araberin zur Frau nehmen würde. Der Bruder ging auf den Handel ein, er ließ sich scheiden und heiratete die Ausgesuchte aus Palästina. Diese Frau hatte aber kein Interesse an meinem Bruder, sie wollte mich und setzte das durch, was sie wollte, nämlich mir nachzureisen nach Deutschland. Sie dachte sich wohl, es ist nur eine Frage der Zeit, bis sie mich doch bekäme. Aber Intrigen und Einmischung haben am Ende nie Gutes gebracht.

Knastkollegen

Wenn man fast 24 Stunden in einem Raum zusammenlebt, ergibt es sich irgendwann zwangsläufig, dass man miteinander zu tun hat. Meine drei Knastkollegen sprechen mich immer wieder an. Zuerst nur ab und zu, ich rede einfach nicht mit ihnen. Sie teilen sich meine Essensrationen. Der Raum ähnelt den beiden, die ich schon kenne. Das Klo ist nur mit einer dünnen Wand, die fast bis zur Decke reicht, vom übrigen Zimmer getrennt. Der Gestank würgt mich. Einmal die Woche kommt einer mit Wischlappen, der damit über den Boden zieht, sauber wird es durch diese Aktion nicht. Auch die Kloschüssel ekelt mich. Nur einmal die Woche werden die Zellen geöffnet, damit wir duschen können. Zehn Minuten pro Mann, die Zeit wird gestoppt, wer danach noch eingeschäumt dasteht, hat Pech gehabt, entweder gibt's kein Wasser mehr oder eiskaltes. Diese hygienischen Verhältnisse zwängen mich noch mehr ein, ich will nur raus aus dieser Qual. Bald bekomme ich wieder Briefe von meinem Schatz, das hilft ein wenig. Und ich kann mir den Frust selbst von der Seele schreiben, das lenkt ab. In der Zelle ist es entweder affenkalt oder eine Gluthitze. Den Jungs scheint die Situation nicht so viel auszumachen, sie sitzen die Zeit ab und unterhalten sich mit dem Fernseher oder drehen einmal am Tag eine Stunde Runden im Hof. Oder sie schlafen, das tun sie viel, mehr wie ich. Zur Ruhe komme ich nie. Nach meinem Gefühl, habe ich während der gesamten Knastzeit keine Minute wirklich geschlafen. Klar ich flüchte mich in Tagträume, dann lulle ich mich in Erinnerung mit meinem Engel ein oder ich sehe meine Kinder im Geist, es ist ein kleiner Trost. Oder ich lese Zeilen von meinem Schatz. Sie schmeicheln mir und schmerzen gleichzeitig.

Brief vom 5. Juli 2007:

„Mein Liebster! Mein Engel, wie geht es Dir? Ich versuche mein Wochenende zu genießen aber es geht nicht, es ist alles zu frisch, denke ich ... habe zwei Briefe von Dir bekommen, das tut so gut, nach so einem harten Tag wie heute mein Schatz. Oh mein Schatz, ich vermisse dich so sehr, aber morgen komme ich, das gibt mir Halt und Trost, denn ansonsten hätte ich es auch nicht überlebt ... den Kindern geht es so weit gut ... N. hat gestern genervt, sie hat 3x angerufen, deine Ex will mich unbedingt besuchen, Schatz die sollen mich endlich in Ruhe lassen, ansonsten explodiert die Bombe ... (ein paar Worte sind verschwommen, von ihren Tränen, ich balle die Faust), Ich versuche zu essen Schatz, aber mein Magen will kein Essen, die Tage und Nächte sind sehr lang, seit Du nicht mehr bei mir bist ... Ich hoffe, wenn du versetzt wirst, können wir uns etwas länger sehen?! Das wünsche ich mir so sehr, und vielleicht kommst du am Wochenende raus? Das wäre ein Traum, darum bete ich jeden Tag, denn du bist mein Leben, ich brauche dich in meiner Nähe Schatz, oh Gott, Warum das alles? Ich nehme Schlaftabletten, aber die helfen nicht, schlafe drei Stunden täglich und bin so benebelt vor Gedanken und mache mir Sorgen wegen dir, denn du bist auch mein Traummann, mein Leben, es wird kein anderer deinen Platz einnehmen, denn ich will keinen anderen mehr ... Schatz ich bin so leer ohne dich, ich hoffe, dass du jetzt

spürst, dass ich dich mehr brauche als ... außer deine Kinder natürlich ... Ich vermisse alles, deine Zärtlichkeit, deine Gespräche, alles alles alles ... Ich bin so einsam ohne dich, das solltest du wissen, ich hoffe, wenn die Zeit kommt, dass du raus kommst, dass du dich auch an das hältst, was du schreibst ... Ich bringe dir ein paar neue Klamotten morgen mit und Schuhe, ich hoffe sehr, sie werden dir gefallen mein Engel! Ich liebe Dich.

P. S. Rieche mal am Blatt, es ist mein Parfum!"

Der Besuchstag! Endlich kann ich sie in die Arme schließen. Sie wirkt noch zierlicher, fast schmächtig, sie muss abgenommen haben. Anständige Kleidung bringt sie mit, das tut gut. Wir weinen und lachen zusammen und sie ermutigt mich, ich soll essen und auf meine Gesundheit achten. Ein Beamter ist im Raum, noch immer arbeitet die Polizei an meinem Fall und nichts darf nach außen dringen, was die Sache verschleiern könnte. Sie flüstert sanft:
„Wenn du hier raus kommst, machen wir eine lange Reise, dann können wir alles vergessen. Ich werde auf dich warten, egal wie lange du hier bleiben musst."
Ich spreche sie auf N. an, bin furchtbar wütend, dass die Freundin meiner Ex es wagt, meinen Schatz zu belästigen. Ich nehme mir vor, meinem Freund zu schreiben. Ich habe ihn beauftragt, sich um meine Ex zu kümmern und nach den Kindern zu sehen. Vielleicht kann er den Wahnsinn stoppen. Mein Engel hat ihnen nichts getan, sie müssen sie in Ruhe lassen. Wieder gibt es Tränen zum Abschied und ich sauge ihren Duft auf, damit er lange bei mir bleibt.
Die Zellengenossen sind freundlich:
„Hey Genosse, du musst essen, eine Leiche können wir hier nicht gebrauchen."

„Sag, warum bist du hier, komm erzähl."

Die Jungs muntern mich ein wenig auf und verraten mir ihre Verbrechergeschichten. Alle hatten mit Drogen zu tun, der eine sitzt wegen so-und-so-viel Gramm, der andere wegen mehr oder weniger. Sie sind Konsumenten und Dealer. Mit Drogen hatte ich nie zu tun und wollte es auch nie. Die Jungs sind jetzt clean und gut drauf, unter diesen Umständen jedenfalls. Ich erzähle ihnen meine Story und einer reagiert erstaunt:

„Wie, du warst das? Ich hab's in der Zeitung gelesen. Du bist fett auf der ersten Seite drauf. Cool, und so einer sitzt bei uns in der Zelle."

Seltsames Gefühl, jetzt bin ich fast prominent. Ich beginne abends Brot zu essen, es bekommt mir nicht besonders, liegt mir wie ein Stein im Magen. Die Genossen rauchen alle. Draußen hab ich auch geraucht, aber hier hatte ich seit Wochen keine mehr. Sie boten mir Selbstgedrehte an, ich lehnte ab. Auch, weil ich kein Geld hatte und nicht bei ihnen schnorren will. Außerdem ist mir die Lust tatsächlich vergangen. Jetzt, nachdem mir mein Schatz Geld überwiesen hat, könnte ich mir selbst Rauchzeug kaufen, ich lass es aber. Mein Magen brennt so, es würde mir nicht gut tun. Die Kollegen animieren mich, mit ins Freie zu kommen. Es bedeutet Abwechslung und jede Minute außerhalb der Zelle ist besser, als der Mief in unserem Loch. Die Wartezeit bis zur Verhandlung geht zwar nicht schneller herum, aber sie fühlt sich nicht mehr ganz so düster an.

Die junge Familie

Meine Eltern schafften es, sich im Laufe der Jahre ein Drei-Familien-Haus in Feuerbach zusammenzusparen. Dort richtete ich mir das Obergeschoss her. Es sollte schön sein, wenn meine Frau nach Deutschland kommt. Außerdem besorgte ich Möbel, letztlich stand ein komplettes Schlafzimmer, Wohnzimmer, Küche, Bad, frisch renoviert, bereit. Rusa übersiedelte und war vom ersten Moment an begeistert von Deutschland. Sie konnte in der Vergangenheit nie verreisen, kannte nur die extremen Bedingungen ihres Landes. Sie bestaunte unsere strahlenden Autos, dichte Wälder und das üppige Grün überall, die ordentlichen Straßen und sauberen stattlichen Gebäude. Aber am meisten freute sie sich über unser kleines Reich. Sie schlich durch die Räume, mit weit aufgerissenen Augen, wie ein Kind, welches das erste Mal im Leben Geschenke bekommt.

Zunächst besuchten wir verschiedene deutsche Städte und sie konnte nur alles anstarren, sie war fasziniert. Allerdings blieb sie so ruhig, wie ich sie kennen gelernt hatte. Ich zeigte ihr, wie ich lebte und sie akzeptierte es so, wie ich es ihr angab, ohne ein widriges Wort. Ich erklärte ihr, sie solle mir sagen, wenn sie mit etwas nicht klarkommen sollte, dann würde ich mich darum kümmern. Sie war genügsam und gehorsam, manchmal zu sehr.

Ich hatte nun eine blühende junge Frau und wollte endlich wieder Zärtlichkeit mit einem weichen Wesen austauschen. In Israel hatten wir keine Gelegenheit, in einem Raum ungestört zu schlafen. Aber hier waren wir alleine und endlich wollte ich ihr auch körperlich näher kommen.

Natürlich war sie noch unberührt und ohne Erfahrung, das hatte ich mir schon gedacht. Es gab keine Knutscherei oder Umarmungen, die dann mehr werden konnten. Wenn es Abend wurde, zog sie die Läden bis zum Anschlag dicht. Sie entkleidete sich nur, wenn ich nicht dabei war, ich durfte sie nicht nackt sehen. Und wenn ich ins Schlafzimmer kam, war sie schon bis zur Nasenspitze in die Bettdecke gehüllt, auch wenn es dafür zu heiß war. Ich bin kein Mann, der eine Frau zum Kuscheln drängt. Im Gegenteil, ich wollte ihr Zeit lassen, damit sie Freude an meiner Nähe finden könnte. Sie selbst machte aber nie Anstalten, mehr als nötig in meine Nähe zu kommen, geschweige denn, mich zu küssen.

Irgendwann am Abend, in unserm Schlafzimmer, wollte ich die Initiative ergreifen und kroch vorsichtig mit den Fingern unter ihre Decke, sie ließ es geschehen. Als Erstes fühlte ich ihr Nachthemd, auch unter der Decke war sie verhüllt. Plötzlich drehte sie sich mit schnellen Bewegungen um, langte neben das Bett und löschte das Licht. Es war stockdunkel im Raum. Dann drehte sie sich wieder halb zu mir und blieb ruhig liegen. Ich rutschte näher zu ihr und versuchte sie vorsichtig mit den Fingern zu streicheln, sie reagierte immer noch nicht. Aber sie wusste, was ich wollte. Vielleicht war sie von andern Frauen auf diese Situation vorbereitet worden, denn ihre Bewegungen wirkten irgendwie statisch, geplant. Sie zog ihr Nachthemd bis zum Bauchnabel. Als ich sie zwischen den Beinen berühren wollte, drückte sie meine Hand weg, stattdessen zog sie mich so zu sich, dass ich mich über sie beugen musste und mit meinem harten Glied ihre Schenkel spürte. Ich reagierte auf die Nähe ihres Geschlechtsteiles, hatte ich doch zu lange abstinent gelebt und ruckzuck drang ich in sie ein, bewegte mich so, dass ich schnell zum Höhepunkt kam. Danach schob sie mich bestimmt von sich. Ein leises Rascheln ließ mich vermuten, dass sie sich ihr Nachthemd zurecht zupfte und das Wackeln des Bettes und der leichte Windhauch verriet, sie war wieder komplett in ihrem Bettzeug verschwunden und ich auf meiner Seite allein.

Nun, wie es aussah, hatte sie keine Lust empfunden, nicht mal der Ansatz von Freude kam von ihr herüber. Sehen durfte ich sie auch nicht, was nicht besonders toll für mich war. Aber sie war ja unerfahren, ich würde ihr schon noch zeigen, dass Zärtlichkeit auch ihr Spaß machen kann. Für den Moment reichte es, der Geschlechtsakt war vollzogen und ich ein bisschen erleichtert, aber nicht zufrieden. Ich war es gewöhnt, dass Sex eine lustvolle Befriedigung für beide bringt. Ich wollte sie aber nicht drängen, sie sollte alle Zeit der Welt dafür haben, um Neues kennen zu lernen.

Rusa liebte unsere Wohnung sehr. Diese für Deutschland eher bescheidene Behausung war für sie der pure Luxus. Sie pflegte alles voller Freude. Ruhe stellte sich ein. Ich war viel mit meinem Fuhrunternehmen beschäftigt und meine Frau lebte zufrieden mit mir, dachte ich. Meine Eltern wohnten ein Stockwerk tiefer, so war sie als Araberin nicht allein unter Deutschen. Allerdings wollte ich nicht, dass sie sich nur in diesem kleinen Kreis ausbreitete. Ich erklärte ihr:

„Du bist hier in einem Land, in dem du dich als Frau völlig frei bewegen kannst. Also du hast hier viele Möglichkeiten. Geh raus und lern die Sprache, dann kannst du hier gut klarkommen. Und du musst dich hier nicht verschleiern. Schau, meine Schwestern tragen hier auch kein Kopftuch, also wenn du willst, setz es ab."

Sie widersprach mir nicht und sagte nicht viel dazu, wie immer. Aber sie traute sich nicht aus dem Haus. Auch sperrte sie sich, wenn es darum ging, die Sprache zu lernen. Ich empfahl ihr deutsches Fernsehen zu schauen oder zu versuchen, alleine einkaufen zu gehen. Letzteres traute sie sich nicht. Gut, ich versuchte geduldig zu sein und dachte, das kommt noch.

Unser Sexleben veränderte sich nicht. Ab und zu, wenn ich es nicht mehr aushielt, ließ sie mich gewähren, was hieß, der Raum musste völlig verdunkelt werden und dann durfte ich kurz an die Genitalien zum Geschlechtsakt, mehr nicht. Etwas anderes kannte sie nicht und wollte sie nicht kennen lernen. Diese Haltung setzte sich im Alltag fort. Sämtliche Besorgungen außerhalb des Hauses erledigte ich. Manchmal kam sie mit, aber sie brachte außerhalb unserer Wohnung nie den Mund auf. Meine Ermutigungen, sich für Deutschland zu öffnen, waren vergebens. Meine Frau führte uns zwar den Haushalt, machte alles, was ich sagte, aber sie blieb durch und durch den gewohnten arabischen Sitten treu. Das wurde immer schwieriger für mich, wir hatten wenig Gesprächs-stoff, eine ebenbürtige Partnerschaft stellte ich mir anders vor. Irgendwann wurde ich wütend und schrie:

„Du könntest wenigstens Deutsch lernen, es gibt hier Schu-len, die bringen dir das bei!"

„Nein, das kann ich nicht",

reagierte sie kleinlaut, wie schon oft zuvor.

„Verdammt noch mal, warum nicht!? Meine Eltern haben es auch gelernt. Sie sind auch erst hier hergekommen, als sie schon erwachsen waren. Du kannst das auch."

Sie schüttelte den gesenkten Kopf.

„Warum verdammt, warum?"

Ich tobte wütend und fuhr fort:

„Es schadet dir doch nichts, im Gegenteil. Es wird gut für dich, wenn du hier frei lebst. Mit der Sprache kannst du Leu-te kennen lernen. Und den Führerschein machen, oder was weiß ich, aber hocke um Himmels willen nicht nur hier he-rum, das will ich nicht." Sie blieb stumm. Es nützte nichts.

„Dann melde ich dich eben einfach in der Schule an",
befahl ich hart.

„Nein!"

Sie blickte mich ängstlich an und erklärte leise:

„Ich kann doch nicht lesen und schreiben."

Was? Schock! Das hatte ich bisher nicht bemerkt, ich hatte eine Analphabetin als Frau. Deshalb die Hemmungen, Deutsch zu lernen, sie traute sich das nicht zu. Ich versuchte natürlich, ihr die fremden Worte langsam vorzusprechen und zu erklären. Sie sprach mir stellenweise zaghaft nach. Aber wenn ich sie dann korrigierte, blockte sie sofort ab und wollte nicht mehr, sie genierte sich. In der Heimat herrscht seit Jahren ein kriegsähnlicher Zustand. Sie erklärte mir, sie habe die Grundschule besucht, drei Jahre lang. Dann gab es keine Schule mehr für sie. Die Familie lebt auf dem Land, die Schule liegt außerhalb des Dorfes, die Kinder müssen einige Kilometer dort hin laufen, das war gefährlich. Eines Tages wurde ihr Bruder von Israelis erschossen. Die Mädchen mussten von da an zu Hause bleiben, die Jungs schickte man zur Schule, wenn es möglich war. Manchmal wurden Mädchen entführt, auch deshalb ließ man sie nicht gern aus dem Haus. In Palästina waren Analphabeten nichts Ungewöhnliches, aber hier konnte sie sich nie integrieren, ohne wenigstens eine Grundbildung absolviert zu haben. Mehr denn je war es jetzt nötig, dass sie eine Schule besuchte, ich wollte sie schnellstens anmelden. Dann wurde sie schwanger.

Ich sah es als Vorteil, dass wir mit meinen Eltern unter einem Dach lebten. Die beiden konnten ihr beim Einleben im fremden Land helfen, so dachte ich. Unsere Tochter Thaya wurde 1999 geboren. Meine Frau blühte auf, jetzt hatte sie etwas, außer der Wohnung, worum sie sich kümmern konnte und zeitweise lenkte uns das von unseren Problemen ab.

Ich hatte die Hoffnung, wenn das Kind größer würde, das Rusa automatisch am sozialen Leben mehr teilnehmen müsste.

Eines Tages kam ich früher wie geplant von der Arbeit. Ich stellte gerade den Wagen ab, näherte mich dem Haus, da hörte ich laute Stimmen durch ein Fenster ins Freie hallen. Es war eine Frauenstimme, unverkennbar die meiner Mutter. Ich blieb stehen und lauschte, aus den Bruchstücken erkannte ich, meine Mutter schimpfte mit Rusa. Leise schloss ich die Wohnung der Eltern auf. Als ich plötzlich in der hitzigen Gesprächsrunde stand, war es schlagartig still.

„Was ist hier los?",

wollte ich wissen. Meine Frau versuchte fahrig ihr tränenverschmiertes Gesicht zu trocknen und senkte den Blick. Die Mutter erklärte kurz:

„Wir haben nur diskutiert."

Damit war ich nicht zufrieden.

„Wie diskutiert? So dass es die ganze Nachbarschaft mitbekommt? Und um was ging es? Was ist los Rusa, warum weinst du?"

Alle drucksten herum, keiner gab mir eine klare Antwort, was eigentlich geschehen war. Es ging ums Kochen, so viel hatte ich auf der Straße schon mitbekommen. Ich wurde wütend, spürte, etwas verbarg meine Familie vor mir und ich forderte lautstark eine Erklärung. Jetzt jammerte meine Mutter und ich erfuhr so nach und nach, dass meine Mama meinem Vater einen Teller unter die Nase gehalten hatte, den Rusa zuvor abgespült hatte, sie beschwerte sich, dass er stinke.

„Das ist doch kein Grund, so einen Radau zu machen",

kochte ich über, riss das besagte Geschirr an mich und zertrümmerte es auf dem Küchenboden. Meine Mutter zeterte weiter und nach und nach ließ sie heraus, wie unzufrieden sie mit Rusa war. Man muss wissen, dass es in ihrer Heimat üblich ist, dass sich die Schwiegertöchter um die Schwiegereltern kümmern und ihnen im Haushalt zur Hand gehen. Meine Frau stand nur da, sagte nichts, wie ein betretener Schüler. Ich versuchte sie zu verteidigen,

„Sie steht morgens für euch auf, kocht für euch, unterstützt euch, wo es geht. Da ist es doch klar, dass sie mal einen Fehler macht.

Die Mutter stellte sich dagegen:

„Du hast ja keine Ahnung, deiner Frau musst du zeigen, wo es lang geht!"

„So so, und wenn unser Vater das mit dir machen würde?", warf ich ihr entgegen. Mein Papa hatte schon lange seine Macht verloren, seit er durch die Zuckerkrankheit körperlich gebeutelt war. Früher war er ein autoritärer Regent, der mit meiner Mutter nicht zimperlich umging, es gab auch Schläge, wenn es sein musste. Jetzt, arbeitsunfähig und schwach, hatte die Mutter die Hosen an. Ich versuchte ihr zu erklären:

„Aber das geht so nicht. Wenn man jemandem etwas beibringen möchte, habe ich ja nichts dagegen, aber man sollte das anständig tun. Warum bist du nicht zu mir gekommen und hast dich beschwert, wir hätte darüber reden können?"

„Stopp, so nicht! So redest du nicht mit mir!",

schrie meine Mutter gekränkt. Das war der Beginn eines Streits, der noch einige Zeit Unruhe bringen sollte. Ich schickte meine Frau nach oben und befahl ihr, sie solle in Zukunft in unserer Wohnung bleiben. Sie reagierte verzweifelt:

„Das gehört sich nicht, ich muss trotzdem für deine Eltern da sein."

„Vielleicht in deiner Heimat, hier sind wir in Deutschland. Ich bin dein Mann und sage, so ist es besser. Meine Eltern dürfen nicht derart mit einem Menschen umgehen."

Rusa enthüllte mir, dass diese Situation schon von Anfang an so sei. Das entsetzte mich und ich fragte sie, warum sie nicht schon früher zu mir gekommen wäre. Sie hatte Angst, ich würde sie ausschimpfen und außerdem gehöre es sich nicht, meinte sie, sich den Schwiegereltern zu widersetzten. Zudem wollte sie nicht, dass ich mit den Eltern Streit bekam. Ich begriff langsam, was meine kleine Frau in vielen Monaten hier erlebt haben musste, und wenn ich nach Hause kam, tat sie, als wäre alles in Ordnung. Sie wurde nicht nur beschimpft, auch Ohrfeigen fielen, ich war wütend und entsetzt. Im Streitgespräch mit der Mutter merkte ich, dass es nicht wirklich um die Unfähigkeit der Schwiegertochter ging. Nein, sie musste dafür büßen, dass ich die schlechte Frau ausgesucht hatte, deshalb wurde sie tyrannisiert.

Was sollte ich tun? Zunächst forderte ich Rusa auf, mir in Zukunft offen alles zu sagen, damit wir Probleme gleich aus der Welt schaffen konnten. Ich blieb die folgenden Tage zu Hause, um meine Frau zu beschützen. Das konnte aber nicht ewig so gehen. Dann beschloss ich, während ich zur Arbeit musste, Rusa in der Wohnung einzuschließen. Es fehlte ihr an nichts und sie wollte sowieso nicht vor die Tür. Aber ich konnte sie so vor den Besuchen meiner Mutter beschützen, die würde das garantiert versuchen. Der Streit mit den Eltern hielt an, sie klagten meine Frau der Lüge an. Mir wurde der Stress bald zu viel, es gab keine Einigung und ich suchte eine andere Lösung. Eines Abends sagte ich zu Rusa:

„Packe Koffer mit all unseren Kleidern. Morgen werden wir, die Kleine, du und ich ausziehen. Die Möbel lassen wir hier, das können wir alles ersetzen, Hautsache, die Streitereien hören auf."

Sie gehorchte, wie immer und wir zogen in eine Wohnung nach Nussdorf. Ich gab Rusa einen Hausschlüssel und sagte ihr:

„Hier beginnt ein neues Leben für dich. Du kannst dich frei bewegen, hier kann niemand über dich bestimmen. Geh raus, mach was aus dir. Ich erwarte schon, dass du den Haushalt machst und die Kleine nicht vernachlässigst, aber sonst steht dir alles offen." Leider verstand sie nichts damit anzufangen und sie blieb auf dem Stand wie immer. Einkäufe, Behördengänge, Bankgeschäfte wurden stets von mir erledigt. Sogar das Fernsehprogramm tagsüber lief in Arabisch. Wenn ich Freunde einlud, bat ich sie, sich zu uns zu setzten, sie war aber extrem scheu. Natürlich bewirtete sie uns, wie sie es gelernt hatte, und es fehlte an nichts. Aber sobald Rusa den Tee serviert hatte, verschwand sie, von meinen Bekannten wollte sie nichts wissen. Auch Schule war nichts für sie, sie traute sich noch immer nicht. Ich bestärkte sie, wenigstens mit der Kleinen Spielplätze zu besuchen, um dort Anschluss zu finden, auch das lehnte sie ab.

Nach drei Jahren wurde sie wieder schwanger, das Resultat nach nüchternem Beischlaf, auch in der Beziehung hatte sich nichts verbessert. Ich hoffte noch, denn die Tatsache, dass ich meine Frau noch nie nackt gesehen hatte und ich sie nicht mehr berühren durfte, wie unbedingt nötig, deprimierte mich. Dennoch dachte ich, irgendwann wird es besser, vielleicht mit mehr Außenkontakt.

Wir bekamen wieder ein niedliches Mädchen. Ich liebe die Kinder über alles. Unser Alltag wurde aber mit jedem Kind anstrengender, weil meine Frau nur innerhalb des Hauses nach ihnen sah. Vermehrte Einkäufe, Arztbesuche und Besuche auf den Spielplätzen waren meine Aufgaben, die zu meiner Arbeit dazu kamen. Rusa begann mit dem zweiten Kind den Haushalt zu vernachlässigen, auch da half ich mit. Ich war also, neben der Arbeit, voll und ganz mit dem Umsorgen der Familie beschäftigt.

Mit der Zeit kam die Älteste in den Kindergarten, zum Glück schaffte es Rusa sie dort abzuliefern und später abzuholen.

Mit drei Töchtern war ich reich beschenkt. Ich hatte noch Kontakt zu meiner Tochter Victoria aus der Zeit mit Miriam. Ich freute mich, dass Miriam schnell einen neuen Partner gefunden hatte und glücklich zu sein schien. Rusa und ich wünschten uns noch einen Sohn. Es war zwar in der elterlichen Kultur üblich viele eigene Nachkommen um sich zu scharen, aber ich wollte die Kinderschar nicht ins Unendliche treiben. Also besuchte ich einen Urologen und ließ mein Sperma auf seine Tauglichkeit untersuchen. Tatsächlich kam heraus, dass in meinem Samen ein Defekt in der Chromosomenteilung bestand und sich zu wenige Y-Chromosomen darin befanden. Das hieß, die Wahrscheinlichkeit, beim nächsten Geschlechtsakt eine Jungen zu zeugen, war sehr gering. Ich erfuhr, dass es in Italien ein Verfahren gab, welches die Chromosomen teilen und somit die Verteilung von X und Y Chromosomen neu „sortierten" kann. So ist es möglich, mittels einer künstlichen Befruchtung, die Wahrscheinlichkeit zu erhöhen, dass ein Junge erzeugt wird. Wir reisten nach Italien und zogen die Prozedur durch. Und hatten Glück, bald wurde Rusa schwanger und gebar einen gesunden Jungen, Basim. Natürlich freute sich auch die Familie über den Stammhalter. In der arabischen Kultur bedeutet ein Sohn mehr, weil die Mädchen in andere Familien verheiratet werden und somit die Familien verlassen. Die Jungen sichern den Fortbestand der Stammfamilie und der Junior ist später der Erbe. Ich war aber ziemlich sauer über den Wirbel, den die Familie um den Buben veranstaltete. Es schien so, als vergaßen sie die Mädchen dabei. Für mich sind alle gleich viel wert.

Nachdem wir meine Eltern verlassen hatten, brachen wir den Kontakt zu ihnen nicht ab. Ich schätzte sie nach wie vor hoch ein und wir besuchten sie an jedem Wochenende mit den Kindern. Diese Versammlungen verliefen oft hitzig und endeten meist mit Streitereien, trotzdem kamen wir wieder, nicht zuletzt meines kranken Vaters wegen. Noch immer wirkte ich auf Rusa ein, sie solle Deutsch lernen, außer Haus gehen, sich unter die Leute mischen, es wurde zur alten Leier.

Meine Eltern glaubten, ich könnte den finanziellen Mehraufwand nicht überstehen und würde bald zu ihnen zurück kriechen. Ich hatte mich am Kauf des Hauses beteiligt, hatte noch Schulden, die ich monatlich tilgen musste. Dann kam noch die Miete in Nussdorf dazu. Ich arbeitete wie ein Verrückter und schaffte es sogar, die Wohnung zu kaufen. Jetzt, mit dem Jungen, wurde es eng. Also hieß es wieder Umzug. 2004 zogen wir in eine Haushälfte nach Enzweihingen. Das große Haus, drei Kinder, viel Einsatz beim Geld herbei schaffen, pumpten mich aus. Ich fühlte mich immer mehr wie ein Hamster im Laufrad. Und meine Bemühungen, meine Frau zu mehr Mithilfe durch ihre Öffnung nach außen zu bewegen, gab ich mehr und mehr auf. Sie brachte die Kinder in Kindergarten und Schule, mehr nicht. Sie könnte das Alphabet mit den Kindern lernen, ich würde ihr helfen, schlug ich vor, sie wollte es nicht. Einmal schickte ich sie zum Rathaus, damit sie ihre Aufenthaltserlaubnis selbst und ohne mich verlängern lassen sollte, ich zwang sie dazu. Sie versuchte es. Letztlich riefen die Beamten mich an, und erklärten, was für Papiere dafür nötig wären, ich erklärte es Rusa und schickte sie ein zweites Mal los. Sie ging, erledigte alles, aber tat es lustlos, sie brauchte es nicht.

Sex gab es nicht, es war für die Kinderzeugung gut, mehr nicht. Das war ein Kontrast zu meinen früheren Beziehungen, gerade wie Tag und Nacht und es fehlte mir. Aber ich wollte keine Affäre, das war mir ein Prinzip.

Eines Tages sprach mich meine Frau darauf an:

„Khalil hör mal. Ich kann dir nicht geben, was dir vielleicht andere Frauen gegeben haben. Deshalb, wenn du das brauchst, such dir eine Freundin."

Ich fiel aus allen Wolken, war das der Freibrief zum Fremdgehen? In der arabischen Kultur sind auch heute noch Vielehen üblich. Ein Mann kann mehrere Frauen haben, jede erfüllt ein Bedürfnis des Mannes. Vielleicht war ein Vorgespräch der Anlass für ihre Aufforderung. Ich hatte dabei vorsichtig versucht, ihr zu erklären, dass wir zehn Jahre verheiratet seien, und sie sich nicht vor mir genieren müsse. Sie konnte es aber nicht ablegen, Prüderie war fest in ihr verankert. Und nun? Tatsächlich wünschte ich mir eine sinnliche offene Frau in meinen Armen, aber ich wäre von mir aus nie auf die Idee gekommen, das außerhalb meiner Familie zu suchen. Außerdem kam mir der Gedanke, dass der anstrengende Alltag durch ein bisschen Abwechslung vielleicht erträglicher wurde. Allerdings hatte meine Frau klare Vorstellungen: Ich könne mich draußen vergnügen, aber dann sollte ich nach Hause kommen, denn wir waren immer noch eine Familie. Nach außen, der Verwandtschaft gegenüber, sollte alles beim Alten bleiben, Eltern-Besuche am Wochenende und gemeinsames Auftreten der Familie in der Öffentlichkeit. Die Seitensprünge müssten im Geheimen ablaufen. Der Gedanke ließ mich nicht mehr los.

Rhythmus in der Hölle

„Junge, du bist ja ein reicher Schnösel, passt gar nicht zu uns",
lästert mein Kollege.

„Schön wär' s."

„Ich hab gelesen, der ganze Spaß hatte 54 Millionen Wert, da ist doch sicher die ein oder andere Million bei dir hängen geblieben."

„Nur sitz ich hier mit euch Idioten und nicht auf meiner Luxus-Yacht auf Ibiza, so 'n Scheiß. Witzbold."

Ich erkläre den Genossen, dass ich den Entwicklungswert erst hier im Knast erfahren habe, bei mir ist nur ein Bruchteil gelandet, und den haben die Bullen auch in die Finger gekriegt. Die Jungs finden es trotzdem spannend, dass ich einen der populärsten deutschen Autoproduzenten gelinkt hatte.

Die Tage bekommen einen Rhythmus. Morgens aufstehen, waschen und anziehen, ich bin ein einsamer Krieger, meine Genossen sind Langschläfer. Dummerweise gibt es kein Frühstück, wenn keiner angezogen an der Türe steht und das Essen in Empfang nimmt. Die Anderen sind froh, dass ich diesen Part übernommen habe. Sie alle werden während ihres Entzugs mit Medikamenten ruhiggestellt, dadurch schlafen sie viel. Ich habe mir Bücher besorgt und lese. Zum ersten Mal bekomme ich den Koran in deutscher Sprache in die Finger. Ich versuchte es zwar in der Vergangenheit mit dem Original in arabischen Schriftzeichen, der Text war aber zu schwierig für mich.

Es war eine echte Bereicherung, ich finde viele gute und kluge Dinge für mich, auch das kann mich ein wenig beruhigen.

Vor dem Essen sehe ich meine Post durch. Ich bekomme viel Post, fast täglich. Meine Kollegen kaum, vielleicht einmal im Monat. Das Mittagessen ist fade und für mich als Moslem gibt es Rindfleisch, das wie Schuhsohlen wirkt, ungenießbar. Ich esse die Beilagen und überlasse den Kollegen den Fleischlappen, die schlucken alles.

Dann eine Stunde Hofgang und am Nachmittag gibt's Fernsehprogramm. Ich verfolge Daily-Soaps, ja verkrieche mich täglich in die Fortsetzungen, so etwas hätte mich früher nicht interessiert. Es ist sogar spannend und unterhaltsam.

Nach dem Abendessen schreibe ich Briefe, immer an meine Geliebte und manchmal an Freunde und meine Brüder. Anschließend sehe ich fern oder lese. Punkt 21 Uhr stehe ich am Fenster und denke an meinen Schatz, und wieder spüre ich sie in meiner Nähe, mir kommen die Tränen, die anderen sehen es nicht.

Die besten Tage sind aber immer noch die, wenn sie mich besuchen kommt. Es sind nun schon Monate vergangen und der erste Verhandlungstag nähert sich. Wieder ist sie da, ich sehe sie und umarme sie, sauge Küsse auf und rede mit ihr, über uns und das, was kommen wird. Wir hoffen gemeinsam auf ein rasches Ende dieses Wahns. Ein paar Tage später erreicht mich dieser Brief vom 13. August 2007:

„Mo. 16.00 Uhr
Hallo mein Engel!
Es war so schön heute, dass wir alleine waren und uns richtig aussprechen konnten, über einige Dinge, die mich belastet haben. Und natürlich auch auf deinem Schoss

*zu sitzen nach fast 2 ½ Monaten, es war unbeschreiblich mein Engel ... Ich liebe dich sehr. Schatz habe eben 150 Euro überwiesen und mit deinem Anwalt telefoniert. Am Donnerstag um 9.45 Uhr ist deine Verhandlung und am Mittwoch um 15.30 Uhr habe ich bei ihm einen Termin, dass wir uns endlich kennen lernen, er freut sich und ich auch. Mein Engel, ich habe schon unsere nächsten zwei Termine bekommen, wo wir uns sehen, am 3. September um 14.00 Uhr und 14. September wieder 14.00 Uhr. Ist das nicht schön? Schatz, du fehlst mir so sehr, dass habe ich dir auch heute schon gesagt, wie schön wäre es, wenn du hier wärst, das Wetter ist schön, wir könnten laufen und und und. Ich werde versuchen, am Freitag um 18.00 Uhr an den Parkplätzen zu sein, dass wir uns von weitem sehen können ... Mein Schatz, du hast heute so gestrahlt, es hat mir so gut getan, dass es dir besser geht. Man hat es dir auch angesehen, die weißen Klamotten und rasiert, danke Schatz, dass du dich für mich rasiert hast, lieb von dir. Mein Engel, mehr habe ich dir nicht zu schreiben, werde jetzt zur Post fahren, damit du den Brief schnell bekommst. Hast einen lieben Gruß von Nikolas. Und meiner Mutter und tausend Küsse von mir mein Leben, mein Ein und Alles. Pass auf dich auf und morgen schreibe ich dir auf jeden Fall wieder. Ich danke Gott dafür, dass es dich gibt ... Heute habe ich es gemerkt, wo ich auf deinem Schoss saß, dass ich keinen anderen Mann mehr lieben kann und werde außer dir – ein unbeschreiblich schönes Gefühl mein Prinz. Ich liebe dich, sei stark, esse und trinke, was du gerne möchtest, das Geld ist bald da und du kannst dann wieder einkaufen, was für eine Weile hält.
Ich liebe dich und denke an dich, bis 21.00 Uhr mein Schatz."*

Ich hänge im düsteren Abgrund, als ich den Brief erhalte. Denn kurz zuvor habe ich erfahren, dass die Verhandlung auf September verschoben ist. Der Brief baut mich auf. Es ist einer von vielen, fast täglich schreibt sie mir und sie legt manchmal leere Bögen bei, damit ich auch ganz sicher zurückschreibe. Diese Verbindung ist die treibende Kraft zum Überleben im Knast. Eine große Qual ist die Hygiene hier. Ich reiße das Fenster auf, so oft es geht, und wenn die Jungs meckern, dass es kalt wird, haben sie Pech, ich setze mich durch, sonst ist die Luft nicht zum Atmen geeignet. Die Zelle ist nie richtig sauber, auch wenn die Putzkolonne hier war, trotzdem Staub überall und das Klo erst, eine Sauerei. Also erkläre ich den anderen:

„Ich führe den Großputz in der Zelle ein. Leute, wir sind hier eine Gemeinschaft, also muss jeder mit anpacken, dass es hier erträglicher wird. Ich fang mit der Toilette an, mach sie sauber."

Dann verteile ich die Putzarbeiten an die anderen, nach einer Woche wechseln wir. Für die Genossen ist das okay, so wird endlich ordentlich Staub unter den Betten gewischt und wir sind beschäftigt. Ich will nicht abstürzen, die Besuche von meinem Engel geben mir Kraft und lassen mich kämpfen, das Beste aus der Situation zu machen. Ich fange an, Sport zu treiben und mich zu bewegen, so oft es geht. Die Zeit muss irgendwie sinnvoll vertrieben werden. Ich kann jetzt einkaufen gehen und oft bringe ich für meine Genossen Dinge mit, zum Beispiel Tabak. Der ist ein beliebtes Tauschmittel im Knast, dafür kriegt man zum Beispiel Kakao, Zucker oder Kaffee. Und letzterer ist sehr wertvoll im Gefängnis. Das was wir als Kaffee zum Frühstück angeboten bekommen, ist auf Deutsch gesagt Pisse. Auch der Tee ist ungenießbar. Nur der Pfefferminztee schmeckt nach mehr, als nur nach Wasser. Auch Gewürze werden irgendwie beschafft. Das Essen ist auch deshalb fade, weil hier mit Pfeffer absichtlich gespart wird, der soll anscheinend die Lust erhöhen, das ist hier natürlich nicht gewollt. Das Thema Triebe ist immer für einen Witz gut: „Hey Khalil pass auf, wehe du bückst dich beim Duschen ...“ Ich hatte anfangs tatsächlich Angst vor sexuellen Übergriffen, man hört so viel in den Medien davon. Bald merke ich, alles viel Geschwätz. Ich erlebe nie Gewalt in der Hinsicht. Klar Angebote bekomme ich auch, für eine sinnliche Stunde würde man mich mit Naturalien bezahlen. Aber ich warne, wenn solche Witze fallen, da soll mal einer kommen. Mein muskulöser Körper schreckt wohl auch ab.

Immer wieder bestellen die Jungs Orangensaft. Ich denke, ist doch was Gesundes für die Brüder und besorge Tetra-Packs. Die Genossen wollen den Saft aber nicht trinken. Sie stopfen Brotkrumen hinein, verstecken die Behälter einige Tage hinterm warmen Heizkörper. Jetzt hängt ein säuerlicher Gestank in der Bude und mit Ekel sehe ich, wie die Genossen Schimmel abschöpfen und den gegärten Saft saufen. Die „Schnapsbrennerei“ wirkt, aber nicht nur aufs Gemüt. Ich fluche und schimpfe, weil die Idioten anschließend „Dünnpfiff“ kriegen, von mir kriegen sie keinen O-Saft mehr.

Lizenz zum Fremdgehen

Ich konnte nicht anders, eine Aufforderung zum Seitensprung von der eigenen Frau, und dann noch in solch einer beschwerlichen Zeit mit drei kleinen Kindern zu Hause, das versprach Entspannung und ein wenig Befriedigung.

Ich hatte keine Schwierigkeiten mit Frauen anzubändeln. Als Frauentyp, wie mir Freunde bestätigten, George Clooney ähnlich, hatte ich innerhalb von 24 Stunden eine an der Angel und ruckzuck im Bett. Danach ging ich brav heim zur Familie. Die Affären hielten immer nur ein paar Wochen, wurden dann langweilig und wechselten dann die Darstellerinnen. Ich tobte mich regelrecht aus, hatte ich doch als Mann allerhand Nachholbedarf. In Diskotheken gab es neue willige Frauen und meine Ehefrau wusste immer Bescheid, ich erzählte ihr alles. Es ging sogar so weit, dass ich Freundinnen zu mir nach Hause einlud und meiner Frau vorstellte. Sie bekamen dann Tee, wie alle anderen und einmal war eine arabisch sprechende Frau dabei, die sich mit Rusa unterhielt. Nach außen stellten wir die „normale" Familie dar, besuchten regelmäßig die Eltern und Familienfeste. Ich lebte die perfekte Männerfreiheit und war trotzdem nicht glücklich. Nie wählte ich die Mädchen mit dem Herzen. Sie waren zwar nett und hübsch, ich hatte meinen Spaß, aber gute Gefühle gab es nicht.

Das Internet bot mir eine einfache Plattform für spontane Dates und eine enorme Auswahl. Wie in einem Warenhaus konnte man sich den optimalen Partner wählen, mit ein paar Klicks kam man und frau schnell ins Gespräch.

Nicht viel länger brauchte es, um sich mit dem oder der Erwählten zu treffen, nicht selten landete man am gleichen Abend im Bett. Der besseren Partnerfindung diente das nicht. Ich bin heute davon überzeugt, die Partnervermittler im Netz schädigen mehr Beziehungen, als sie aufbauen. Die Verlockung ist mehr Schein als Sein und die fixen Zusammenkünfte laufen meist genauso schnell wieder auseinander, Enttäuschungen vorprogrammiert. Es war wieder eine Zeit, in der ich mich mit Beschäftigung zudröhnte. Zur offiziellen Arbeit kamen Nachtfahrten und Wochenendjobs. Eigentlich hatte ich keine Freizeit mehr. Nur im Internet war ich noch unterwegs, um mir neue Schönheiten zu suchen. Ich merkte frustriert, dass diese Affären genauso ein Fehler sind, wie die Wahl meiner arabischen Frau. Ohne Liebe gibt es kein Glück.

Viele hübsche Frauen stellten sich in Kwick, der Community, aus. Bald fand ich heraus, dass nur ein Teil der Damen wirklich so aussah, wie ihre Präsentation angab, ja manche klebten sogar fremde Fotos ins eigene Profil.

Einmal fand ich eine hübsche junge Frau mit dunkelblonden langen Haaren und wunderschönen großen Augen. Dieses Bild gefiel mir, sehr sogar. Zum Zeitvertreib klickte ich immer wieder ihr Profil an. Ich erfuhr, dass sie drei Jahre älter ist als ich, Griechin und ganz in der Nähe wohnte. Ich las, sie hatte schon einiges erlebt, Ehedrama, Scheidung, sie hat zwei Kinder, eine Krebserkrankung überstanden, das alles stand im Internet geschrieben. Die Frau war interessant. Ich schrieb sie nicht an, ich wollte mit ihr keinen oberflächlichen Kontakt, schon gar nicht die schnelle Nummer, sie war nur reizvoll und hübsch. Sie bemerkte aber meine Beobachtung und besuchte auch mein Profil. Wir umkreisten uns so eine Weile aber ohne direkten Kontakt. Sie tat den ersten Schritt und schrieb mich an, warum ich mich nicht melden würde aber ständig ihre Seite besuche. Sogar als meine Favoritin hatte ich sie eingetragen, auch das war für sie sichtbar. Kurz und knapp antwortete ich:

„Warum sollte ich, ich kenne dich nicht, du kennst mich nicht. Pass auf, vielleicht bin ich ein kranker Vergewaltiger, wir treffen uns und ich bringe dich um, was hast du dann davon?"

Das konnte sie nicht abschrecken. Es ergab sich ein lockerer Briefwechsel, wir hatten beide schlechte Erfahrungen in Sachen Beziehungen gemacht und keine Absicht, mit dem anderen zusammenzukommen. Thali wohnte praktisch in der Nachbarschaft in Vaihingen. Es ergab sich, dass wir Handynummern austauschten und auch hier schrieben wir uns lustige SMS ohne Hintergedanken. Zufällig kamen wir darauf, dass ihre Freundin Arbeit suchte. Ich konnte ihr eine Beschäftigung vermitteln. Diese Frau traf ich durch die Arbeitsvermittlung. Später erfuhr ich, dass sie nach dem Treffen auf Thali zuging und schwärmte:

„Sag mal, hast du den Khalil eigentlich schon mal gesehen? Der sieht super aus, ist ein charmanter Mann, den musst du unbedingt kennen lernen!"

Thali ging aber nicht darauf ein, sie hatte miese Zeiten mit Männern hinter sich und wünschte keine Beziehung. Ihre Zurückhaltung reizte mich. Irgendwann simste ich ihr, ob wir uns nicht mal treffen könnten. Sie war gerade aus dem Krankenhaus entlassen worden. Während ihrer Klinikzeit tauschte ich auch Briefchen mit ihr aus, wollte sie besuchen, aber sie verriet mir nicht, wo sie lag. Jetzt aber willigte sie ein. Sie schlug sogar den folgenden Samstag vor, am Abend. Ich bedauerte, dass ich an dem Tag eine besonders frühe Tour hatte, da konnte ich leider nicht. Zum Spaß fragte ich sie:

„Aber wenn du vorher tanzen gehst, kannst du um halb fünf mit mir mitfahren."

„Okay, dann hol´ mich in der Disco ab."

Ich war baff, sie ging tatsächlich auf meinen Vorschlag ein, spontan und mutig, das gefiel mir. Es war Frühsommer und noch dunkel um halb fünf in der Frühe aber schon ziemlich warm. Ich startete mit dem Transportbus in Richtung Stuttgart, trug kurze Hosen und ein schwarzes T-Shirt und war unrasiert. Zu dieser Zeit ließ ich die Gesichtshaare sprießen, wie sie wollten, wenn mir die Pracht zu lang war, ging ich mit dem Langhaarschneider ran. Mein Outfit bestand immer aus schwarzer praktischer Kleidung, warum sollte ich mich auftakeln? Aber an diesem Morgen fühlte ich mich unwohl, und zwar von dem Moment an, an dem ich sie sah. Thali bestand für mich bisher aus einem Foto im Internet, etlichen Briefen und SMS und aus einer angenehmen Stimme am Telefon. Jetzt stand eine schlanke kleine Person am Straßenrand vor der Disco, mit Minirock und hübschem Oberteil, geschminkt, mit langen Traumhaaren. Ich ahnte, dass die attraktive Dame Thali war, ansonsten hätte ich ihr trotzdem nachgeguckt und innerlich hierher gepfiffen. Ich fuhr rechts ran, stieg zu ihr aus. Zwei strahlende grüne Augen leuchteten mir entgegen und mit einem süßen Lächeln traf sie mich voll in der Magengegend.

„Sag mal",

scherzte ich nach unserer Begrüßung.

„Du willst tatsächlich mitten in der Nacht mit mir mit, so ein hübsches Ding, reizvoll angezogen? Was ist, wenn ich dich irgendwo in den Wald verschleppe, hast du keine Angst?"

Sie blickte ruhig zu mir herauf:

„Nein, warum? Ich merke an deinen SMS, dass du ein anständiger Kerl bist."

Es schmeichelte mir, dass sie mich so einschätzte, denn ich bin harmlos, harmloser geht es nicht.

Wie habe ich diese Tour nur überstanden? Die Frau schaffte es, mich durcheinanderzubringen. Sie tat nichts Besonderes, wir unterhielten uns fröhlich und verstanden uns, wie schon mit den Briefen, bestens. Ihr süßer sinnlicher Duft durchdrang mich wie eine Droge. Ihre Erscheinung wirkte wie ein Magnet, eigentlich wollte ich sie nur ansehen. Aber zum einen musste ich den Wagen sicher lenken und ich wollte nicht, dass sie meinte, ich starre ihre Beine an. Jedes Mal, wenn ich aus dem Führerhaus stieg, drohten meine Beine wegzuknicken, so weich fühlten sie sich an und ich hörte mein Herz in der Brust, ein verrücktes Gefühl. Wir verbrachten den gesamten Tag zusammen und am Abend brachte ich sie zu ihrem Auto, welches sie auf dem Parkplatz vor Ihrer Arbeitgeber Firma parkte. Ich wollte keine Beziehung beginnen, sie auch nicht, wie sie mir klar machte. Aber in meinem Bauch kribbelte es ganz gewaltig, das konnte ich nicht verhindern. Und weil die Begegnung uns beiden gefiel, sahen wir uns wieder.

Eine türkische Kollegin lud mich zu ihrer Hochzeit ein.

„Würdest du mir die Freude machen und mich begleiten?", bat ich Thali.

„Was, du willst, dass ich da mitgehe?"

„Warum nicht, wir verstehen uns gut und ich habe noch keine weibliche Begleitung."

Sie willigte ein und ich freute mich auf den Abend. Dieses Mal holte ich sie in ordentlichem Zustand ab. Glatt rasiert, mit anständiger Frisur, in schickem Anzug und glänzenden Schuhen. Sie reagierte mit anerkennendem Nicken und zufriedenen Augen. Wir ließen es uns gut gehen an dem Abend, tanzten ausgelassen, lachten zusammen, tauschten Ereignisse aus unserem Leben und am Ende der

Veranstaltung hatten wir noch nicht genug und feierten in einer Disco weiter bis in den Morgen. Es war herrlich. Ich baggerte sie nicht an, obwohl ihre Anziehung enorm stark war. Am Ende, oder besser am frühen Morgen, brachte ich sie, ganz Gentleman, brav nach Hause und rührte sie nicht an.

Wir blieben weiter in Kontakt mit tausenden SMS und Telefongesprächen. Einmal wollte ich ihr einen Platz zeigen, von dem aus es die beste Aussicht über die Region gibt. Sie kannte den Ort noch nicht und ließ sich begeistert von mir abholen. Wir verließen die Autobahn, kurvten ein kurzes Stück über Land nach Asperg und dort eine Steigung empor bis zu einem Parkplatz. Bis jetzt umgab uns eine einfache schwäbische Kleinstadt im Kreis Ludwigsburg. Ich führte sie ein Stück weiter, einen aufwärts drängenden Weg durch ein kleines Tor, über eine enge, in den Berg getriebene Straße mit Nischen an den Seiten. Hinter einer Kurve tauchten dann Mauern einer uralten Festung auf, die Burg Hohenasperg. Sie staunte, denn der niedrige Aufbau der Gebäude versteckt sich in der Vegetation und ist so, vom Tal aus nicht sofort zu sehen. Die steinerne Brücke führte uns in den Innenhof und über ein kurzes Wegstück von Gebäudemauern gesäumt, kamen wir zur höchsten Stelle. Plötzlich eröffnete sich die Welt vor uns, angrenzende Täler lagen uns zu Füßen. Thali lief bis an den Rand zur breiten Stadtmauer, auf der man hätte gemütlich spazieren können. An sie grenzte ein Abgrund.

„Das ist ja gigantisch schön!",
rief sie.
„Ich bin ein Vogel und hebe gleich ab!"
Sie lachte, breitete die Arme aus und mein Herz hüpfte dazu. Es war ein goldener Tag und es schien alles möglich. Ausgelassen untersuchten wir die Aussicht und erahnten

und erkannten, winzig dargestellt, bekannte Ortschaften in der Ferne. Es fiel auf, dass wir hier oben nur zwei Pärchen und einen alten Herrn getroffen hatten. Außerdem gab es kaum Sitzmöglichkeiten und nicht wie sonst auf deutschen Burgen, Schilder mit Angaben über Historie der Burg oder Infos, wie das Gebäude und die Türme besichtigt werden könnten. Stählerne hohe Tore und Stacheldraht an einem Teil der Stadtmauer wirkten düster. Ich erklärte Thali, dass die ehemalige Festung als Gefängniskrankenhaus diene. Sie fand es schade, Verschwendung für so einen schönen Platz. Das konnte aber nicht unsere Stimmung trüben und irgendwann fanden sich unsere Hände, wir rückten immer näher aneinander und sanken endlich in einen warmen zärtlichen Kuss. Jetzt drifteten wir wirklich ab, konnten uns nicht mehr stoppen, denn die kleine Berührung zündete das Kribbeln im Bauch, auf das es explosionsartig zu einem Feuerwerk wurde.

Irgendwann erzählte sie mir, dass auch sie sich schon während unserer ersten Begegnung in mich verguckt hätte. Wir waren uns einig, beabsichtigt war das nicht, es überfiel uns einfach. Aber böse sind wir deshalb nicht gewesen, denn das Gefühl war fabelhaft und steigerte sich mit jeder weiteren Berührung. Diese Aussichtsplattform auf dem Hohenasperg bekam etwas Heiliges, eine neue Liebe hatte begonnen.

Die intensiven Begegnungen mit Thali fühlten sich anders an, als mit den bisherigen Frauen. Sie erinnerte mich an Danny, meine einzige große Liebe. Es war, als wäre ich ein Teenager und irgendwie verrückt taumelte ich die nächste Zeit durch die Gegend. Jetzt bedauerte ich, dass ich mich zu so viel Arbeit verpflichtet hatte. Gleich am nächsten Tag wollten wir wieder zu unserem Platz. Ich hatte einen VW-Bus, der mit Campingfunktion ausgestattet war, mit ihm fuhren wir erneut auf die Burg. Wieder spazierten wir an der Mauer entlang, genossen die Aussicht aber hatten doch meist nur Augen für uns. Ich sog sie auf, wie ein Schwamm, entdeckte sie mit allen Sinnen. Die Küsse wurden inniger und länger und unsere Hände wanderten neugierig am Körper des anderen. Irgendwann krochen wir in den Bus, damit wir ungestört wären und es war klar, wir schwammen beide in Lust. Plötzlich schaltete sich mein Verstand ein. Die letzten drei Jahre kamen und gingen die Frauen wie Jahreszeiten. Schnell landeten wir im Bett und schnell ging Lust in Frust über und alles war vorbei und mein Affären-Konto stieg. Mit Thali war es anders, ich spürte Gefühle, die ich vor vielen Jahren das letzte Mal erfahren durfte. Sie sollte nicht nur eine rasche Nummer werden, sie war mehr als das, wichtiger. Darum bremste mein Kopf, ich sollte es langsam angehen mit ihr. Wir fummelten an den Kleidern, da stoppte ich. Ich versuchte ihr zu erklären, dass ich noch warten wollte, bevor ich vollends mit ihr verschmolz, zuerst müssten wir uns noch näher kennen lernen. Sie durfte nicht das Gefühl bekommen, ich benutze sie nur. Thali gab sich verständnisvoll und wir kosteten die Nähe des anderen auch ohne Sex in vollen Zügen aus. Von nun an sahen wir uns, so oft es ging. Irgendwann war die Zeit reif und wir liebten uns bis zur Vollkommenheit.

Thali traf mich mitten ins Herz. Seit vielen Jahren hatte ich es fest verschlossen, sie fand den Schlüssel. Wenn Thali nicht da war, vermisste ich sie, und wenn ich sie sah, hüpfte ich innerlich, wie ein kleines Kind, das die Reise ins Schlaraffenland gebucht hat. Wir beide sehnten uns ständig nach dem anderen und so besuchte ich sie täglich und blieb natürlich auch nachts, es war wie ein Zuhause für mich.

Unterstützung in der JVA

Ende August sitze ich auf meiner Liege im Stammheimer LVA, es ist Abend und ich halte Briefe von Thali in Händen:

„Mittwoch 13.30 Uhr, 22.08.2007
Hallo mein Engel, wie geht es dir?
Heute vor ganz genau 3 Monaten abends hat man dich verhaftet, ein Horrortag für mich, kannst du dich erinnern? Wir wollten „anschließend" nach Asperg fahren, „wenn dein Termin aufgeht", das war deine SMS ... oh Gott Schatz, ich wünsche dir viel Kraft und, dass auch alles ein gutes und schnelles Ende hat ... meine Gedanken sind ständig bei Dir, unsere schönen Zeiten. Wenn ich bloß die Zeit ein halbes Jahr zurückdrehen könnte und von allem gewusst hätte, dann wärst du jetzt nicht im Gefängnis, aber leider ... Ich höre Musik und meine Gedanken sind bei Dir mein Leben.
Ich war heute bis um 4.30 Uhr wach, konnte nicht schlafen und um 0 Uhr habe ich dein Bild gesehen und gesagt, dass ich Dich über alles liebe, mit Tränen in den Augen, ich vermisse dich. Morgen ist „Penthouse" angesagt, es wäre so schön, wenn du bei mir wärst. Mein Schatz, heute habe ich auch keinen Brief von dir bekommen, ist alles okay bei Dir? David Geht es soweit ganz gut und er packt es auch ganz toll. Ich bin froh, Du hast liebe Grüße von ihm und er drückt Dir die Daumen am 11. Oktober.

Habe eben mit meiner Mutter telefoniert, Du hast auch von ihr einen lieben Gruß, sie denkt sehr an Dich, mein Schatz. Ich liebe Dich sehr, ich hoffe, du vergisst das nie ... Ich gehe jetzt zu Despi, ihre Haare färben und 16.30 Uhr habe ich einen Termin bei der Kosmetikerin. Das ist mein Leben, meine Neuigkeiten von meiner Seite.
Schatz sei stark bitte, fleißig und tapfer und wegen mir mach Dir keine Sorgen, momentan habe ich wieder eine Phase, wo ich mich die ganze Zeit frage, warum? Aber das vergeht wieder mit der Zeit, es ist, weil ich einsam bin und Dich in vielen Sachen in letzter Zeit gebraucht hätte ...

Habe einen schönen Tag mein Leben.
ich liebe Dich über alles!
Deine T.. "

Die Briefe halten mich aufrecht, ja spornen mich an, mich nicht gehenzulassen. Hier im Knast gibt es jede Menge Gelegenheit, abzurutschen. Auf den täglichen Hofgängen handeln die Insassen mit vielem, auch Drogen finden den Weg ins Gebäude. Es bilden sich Banden. Da gibt es die „Russenmafia" oder die „Araber" oder die „Türken". Hier ist es wie draußen, eine Gruppe ist immer stärker und wirkt auf Einzelne. Ich will meine Ruhe haben und keinen Ärger, ich halte nichts von den Gangs. Thali bringt mir die Hoffnung von draußen und ich lebe nur auf den Tag der Entlassung hin, anständiges Verhalten ist selbstverständlich für mich. Anfangs werde ich wie Dreck behandelt. Aber mit der Zeit sehen die Aufseher, dass ich viel Post bekommen, täglich aufstehe und das Frühstück abhole, mit Putzmaßnahmen ein wenig Disziplin in die Zelle bringe und mich mit den Insassen gut verstehe. Ich werde jetzt als Mensch und ordentlich behandelt. Andere Insassen beschweren sich über miserable Zustände im Knast. Ich beobachte, wie Knastbrüder hier aufmucken. Aber leider sehe ich auch, dass Ausländer sich oft unmöglich benehmen. Einer, der wegen Vergewaltigung sitzt, motzt herum. Ich nehme kein Blatt vor den Mund und sage, was ich denke:

„Du Arschloch, wenn du bei mir in der Heimat wärst, im Knast, wie würde es dir dort gehen? Dort musst du deine Scheiße fressen, was machst du die Beamtin so blöd an, die tut nur ihre Arbeit? Das macht man nicht, hier ist kein Hotel. Es ist kein Wunder, dass wir Ausländer von den Deutschen gehasst werden, wenn ihr euch wie Scheiße benehmt!"

Jeder wird so behandelt, wie er sich benimmt, das ist meine Meinung. Ich diskutiere mit einigen darüber. Es wird klar, wir müssen hier in einem deutschen Gefängnis unsere Zeit absitzen, dafür gerade stehen, was wir verbockt haben. Das hier ist so, wie in einem 5-Sterne-Hotel in manchen Gegenden meiner Heimat, es gibt regelmäßig Essen, Trinken, Heizung, Waschmöglichkeiten, eigentlich saubere sanitäre Anlagen. In Palästina gibt es 20-Mann-Zellen, es ist heiß und schmutzig. Ich leide zwar, es ist die übelste Zeit meines Lebens und auch finde ich Knast zu heftig für das, was ich angestellt hab. Aber letztlich sehe ich ein, ich habe Mist gebaut und muss es aushalten.

Auch der Chef der Abteilung sieht mein Verhalten wohlwollend und redet mit mir über meine Tat:

„Sag mal, ich hab deine Geschichte in der Zeitung gelesen und ich kenn deine Akte. Du bist doch ein ganz normaler Kerl, anscheinend ganz okay, wie ist das alles gekommen?"

Ich berichte ihm meine Version, er will mir helfen:

„Erzähl doch einfach, dass du das gemacht hast, weil du spielsüchtig bist, dann kriegst du eine Therapie. Warum sollen nur die Junkies eine Therapie kriegen, die immer wieder straffällig werden und du, der einmal Mist gebaut hat, sitzt dafür, ich sehe keine Gefahr an dir. Also sag das deinem Anwalt, er soll dich als spielsüchtig bei Gericht angeben, dann sitzt du ein paar Monate, beantragst Therapie, machst sie und bist wieder ein freier Mann."

Bei meinem nächsten Gespräch mit meinem Verteidiger frage ich ihn, ob das geht. Er schüttelt den Kopf, das können wir jetzt, nach meinen bisherigen Aussagen nicht plötzlich anbringen. Aber es tut mir gut, dass die Leute, die uns betreuen, mich nicht für einen Schwerverbrecher halten. Ich bekomme Empfehlungen, wie mein Leben im Knast angenehmer verlaufen kann. Für jede Minute, die ich nicht in der Zelle verbringen muss, bin ich dankbar. Es gibt Leute hier, die „Unterhaltungsgruppen" für die Insassen anbieten. Man kann Yoga trainieren, oder Schach lernen, Skat spielen oder in der Jesus-Gesprächsgruppe mit den andern reden. Ich melde mich zu allem an. Auch die Kirche am Samstag besuche ich regelmäßig. Ich bin Moslem, ich kann hier nicht in die Moschee gehen, aber in die Kirche. Ich habe keine Probleme damit, für mich ist Gotteshaus gleich Gotteshaus. Es ist ein Haus zum Beten, wie und was jeder betet, ist mir egal. Der Fanatismus der Religiösen ist furchtbar, es ist unglaublich, dass sich meine Glaubensgenossen für den da oben in die Luft sprengen. In Gottes Namen macht man so etwas nicht, man bringt keinen Menschen um, das ist falsch. Ich lese hier die deutsche Übersetzung des Korans und fange an zu verstehen, lerne und ich spüre, dass ich von oben Beistand bekomme, und kann hoffen.

Neu geboren

Alles sollte sich ändern. Meine Traumfrau lebte mit ihren Kindern, zwei Jungen, damals 12 (Nikolas) und 18 Jahre (David) alt. Ich verstand mich von Anfang an gut mit den Buben, sie waren sehr sympathisch. Vor allem der Kleine, er sagte sogar bald Papa zu mir. Der Junge hatte nur wenig Kontakt zu seinem leiblichen Vater, der nach Griechenland abgehauen war. Ich nahm die Kinder gern mit zu privaten Renovierungsarbeiten und Umzügen, die ich nebenbei für Leute erledigte, meistens samstags. So konnten sie eigenes Geld verdienen, das hat den Jungs gefallen und ich zeigte ihnen ein Stück von der harten Realität. Ich dachte, vielleicht sehen sie so, wie schwer es ihre Mutter als Alleinerziehende hat. Thali musste allein verdienen, es gab keinen Unterhalt von ihrem Exmann. Und ich lernte, mit Kindern umzugehen aber vor allem haben wir viel gelacht und Spaß gehabt.

Wir versanken voll in der gemeinsamen Zeit. Thali schwärmte, so große Gefühle habe sie noch nie erlebt, sie war überwältigt. Für mich war sie die große Liebe nach meiner verstorbenen Danny. Das Glück verwandelte mich. Ich war ein Typ, der sich nie viel um sein Äußeres gekümmert hatte. Zugegeben, ich konnte mich nicht als hässlich bezeichnen, wurde vom lieben Gott vorteilhaft ausgestattet. Aber sonderlich heraus geputzt hatte ich mich nie. Mein Auftreten wurde durch dunkle praktische Kleidung und einen x-Tage Bart geprägt. Thali verwandelte mich sanft und geschmackvoll, ich bekam eine anständige Frisur, begann mich täglich zu rasieren und sie kaufte mir hellere

Kleidung, die mir stand, wie ich bemerkte. Das gefiel mir. Mein Übereifer bei der Arbeit wurde enorm gebremst. Ich ließ die Nachtfahrten und reduzierte mein Zusatzgeschäft immer mehr, mein Leben hatte endlich wieder einen Sinn, dafür nahm ich mir Zeit.

Der Sommer kam. Wir hatten beide unsere Urlaube längst geplant, bevor wir uns kennen und lieben lernten. Sie ist Griechin und wollte wieder traditionell in die Heimat. Ich verabredete mich mit einem Kollegen und dessen Familie zu einem sechs wöchigen Trip in die Türkei. Sie erzählte mir von ihrem griechischen Zielort und wir beschlossen, dass ich sie in Griechenland besuchen und wir noch zwei Wochen gemeinsam Urlaub genießen wollten. Beim Abschied hatte ich ein ziemlich mulmiges Gefühl, war das Lebewohl für immer? Warum nur? Aber das Gefühl war da und es blieb in den langen Stunden im Bus Richtung Süden. Die Trennung schmerzte, wir hatten uns schon sehr aneinander gewöhnt. Natürlich hielten wir per Handy Kontakt, aber ihre zärtliche Wärme, ihr betörender Duft, ihre leuchtenden Augen, ihr quirliger Körper, das alles hatte ich nicht mit den SMS, die sie mir schrieb. Während der Fahrt liefen Filme gemeinsamer Tage in meinem Kopf. Thalis Lachen, Thali nackt, Thali die leidenschaftliche Tänzerin. Auch hier hatte sie mich zu Neuem animiert. Die Disco Fox-Runden in Discotheken interessierten mich vor ihrer Zeit nie, im Gegenteil, die poppige Musik gefiel mir nicht und der Tanzstil war mir zu affig. Als ich Thali mit andren Männern tanzen sah, spürte ich förmlich die Hingabe, mit der sie ihren Körper zum Rhythmus bewegte und ich wollte es mit ihr gemeinsam erleben. Dafür hatte ich aber noch jede Menge zu lernen. Das ging ich an, und zwar ganz praktisch. Ohne dass Thali etwas davon erfuhr, buchte ich ihren Tanzlehrer und Kollegen, der gab mir privaten Unterricht. Stück für Stück

tauchte ich in die Schrittfolgen ein und es fing an, mir Spaß
zu machen. Jetzt konnten wir uns der Leidenschaft gemeinsam hingeben.

Ich wollte die ganze Welt umarmen oder zumindest Thali
immer meine Liebe zeigen. Jedes Wochenende, wenn wir
unterwegs waren, schenkte ich ihr Blumen. Ich wurde ein
guter Kunde beim Rosen-Inder in der Disco, aber kein ge-
wöhnlicher. Zuerst kaufte ich eine Rose, das nächste Mal
drei und schließlich nahm ich ihm seinen gesamten Strauß
ab. Das war für ihn ein gutes Geschäft und für mich ziemlich teuer. Auf Dauer ging das nicht; so nahm ich mir den
Dunkelhäutigen eines Abends vor. Ich handelte mit ihm aus,
dass er mir jedes Wochenende eine Blumengebinde besorgen sollte, aber jedes Mal eine andere Art, mal in Blautönen,
oder Rosa, oder in Gold getaucht. Ich freute mich unglaublich, wenn ich ihr strahlendes Gesicht sah, dabei war ich
mehr beschenkt als sie.

Jetzt auf der Fahrt durch Griechenland war das alles nicht
mehr möglich, ich war traurig und es wollte keine Erholungs-
stimmung aufkommen. Plötzlich tauchte ein Richtungs-
schild am Straßenrand auf – Arethousa! Thalis Heimat und
diesjähriges Urlaubsziel! Ich war erstaunt, es war mir nicht
bewusst, dass ich so nah an diesem Ort vorbei kommen würde und das Bild fesselte mich bis zur griechisch-türkischen
Grenze. Ich bat meine Kollegen, kurz mit mir auszusteigen:

„Hör mal, ich reise nicht weiter mit euch."

„Was? Warum, wieso?"

„Das kann ich dir jetzt nicht erklären, ich habe hier noch
etwas zu erledigen. Macht schöne Ferien, ich werde auch
alleine durchkommen."

Er verstand es nicht, wie auch. Bisher hielt ich unsere
Beziehung noch geheim, der Kinder wegen. Er fuhr mitsamt seiner Frau und ihren Kids über die Grenze davon

und ich stellte mich an den Straßenrand in die andere Richtung, um zurück zu Trampen.

Ich fand ein Zimmer in einer kleinen Pension in der Nähe von Arethousa, dort wollte ich auf Thali warten. In Arethousa gab es ein Café „Tango for ever", das war genau die richtige Lokalität für meine Überraschung. Ich wusste, wann Thali in Griechenland ankommen würde und als es an der Zeit war, schrieb ich ihr eine SMS:

„Schatz, auf der Durchreise kam ich auch an Arethousa vorbei. Dort sah ich das Café „Tango for ever", in der Fußgängerzone am Strand, dort habe ich etwas für dich hinterlassen."

Sie kam neugierig in besagtes Lokal. Der Besitzer erklärte ihr, bei ihm habe niemand etwas hinterlassen, sie müsse 100 Meter am Strand entlang laufen, dort in dem Häuschen mit einem roten Kreuz darauf, läge ein Geschenk für sie. Schon Stunden zuvor hatte ich mich dort verschanzt, lauschte den Wellen mit tausenden berauschenden Bildern von meinem Engel im Kopf und einem leichten Kribbeln im Bauch. Sie fand mich und wir umarmten und küssten uns, als wären wir Jahre getrennt worden, es war unglaublich. Für die Nacht mieteten wir uns ein Zimmer in Arethousa und am nächsten Morgen sollte alles mit der Familie geregelt werden, damit wir den Urlaub gemeinsam verbringen könnten.

Thali war mit Eltern, Schwester und Söhnen angereist. Die Familie besitzt ein Haus in Arethousa. Seit fünf Jahren hatten sie das Gebäude nicht mehr besucht, und bevor die gemütliche Zeit beginnen konnte, mussten die Räume aufgeräumt, gesäubert und hergerichtet werden. Thali wollte mich alleine den Eltern ankündigen. Aber ihre Schwester bekam schon vorher mit, dass ich schon früher in Griechenland angekommen war. Leider meinte sie, das wäre von Anfang an von Thali und mir geplant gewesen und berichtete es so der Familie. Die Eltern waren überhaupt nicht begeistert. Die Behausung musste renoviert werden, Thali sollte ihnen dabei helfen. Sie vermuteten ein abgekartetes Spiel und es kam zum Streit, noch bevor meine Liebste mich in die Familie einführen konnte. Thali war von den letzten Operationen noch angeschlagen, sie durfte noch nicht körperlich arbeiten. Die Vermutung der Familie, sie wolle sich vor der Arbeit drücken und das Misstrauen, verärgerte sie so sehr, dass sie sich kurzerhand eine Wohnung für uns mietete, in der wir die folgende Zeit ohne Eltern und Schwester verbringen wollten.

Die Zeit am Meer verging friedlich, voller Spaß und mit viel Genuss und Leidenschaft. Ich faxte mit dem kleinen Sohn am Strand oder genoss traumhafte Sonnenuntergänge mit Thali, der Sommer durchflutete unser Leben. Nie gab es Unstimmigkeiten zwischen uns vieren, und wäre der Krach mit der Familie nicht gewesen, es hätte alles ewig so bleiben können. Wenigstens vier Wochen traumhafte Zeit wollten wir gemeinsam spüren, wir sogen alles auf, wie ein Schwamm.

Knast Alltag

Der Innenhof ist fest in russischer Hand. Die Leute der „Russenmafia" sind die Ersten, die zum Hofgang das Gelände betreten. Zuerst suchen sie den Boden an der Mauer ab und sammeln kleine Pakete von draußen. Es sind Drogen, die werden für den Tauschhandel gebraucht. Natürlich ist das nicht legal und während des Hofganges werden die Insassen von einer Wache mittels Kamera beobachtet. Ich bin mir sicher, diese „Geschenke" von außen sind den Beamten bekannt und werden still toleriert, solange alles ruhig bleibt. Die Leute hier sollen aufbewahrt und Ärger vermieden werden. Auch der Umgang untereinander juckt niemand, solange keiner die Anstalt aufrührt. Ich sehe mir das Geschehen täglich an, es gibt ja sonst nichts zu tun. Einmal beobachte ich einen jungen Kerl, klein, schmächtig, der ebenso wie ich, seine Runde alleine dreht. Irgendwann kommt eine Gruppe Jungs zu ihm, ich kenne sie, Russen. Einer pöbelt ihn an:

„Hey du, gibt mir mal eine zu rauchen!"

Der Junge reagiert und will ihm eine Zigarette geben. Der Russe greift in die Tasche des Jungen und krallt sich dessen gesamte Tabakpackung. Grinsend läuft der Russenpulk weiter, der Junge trottet resigniert in die andere Richtung. Ich muss ihn ansprechen:

„Sag mal Kerl, ich hab euch grade gesehen, warum lässt du dir das gefallen?"

Er glotzt nur und hebt die Achseln. Dem kann ich nicht einfach zusehen, ich verfolge die Russenbande eine Weile und stelle mich ihnen in den Weg:

„Hast´ mir eine Zigarette?"

Sage es und greife im nächsten Augenblick nach seinem Tabak, genauso, wie er es mit dem Jungen ein paar Minuten zuvor gemacht hat.

„Hey, hey, was soll das?!"

Er und seine Kameraden umkreisen mich, starren mit finsteren Mienen. Ich bin größer und breiter wie der Ange-schmierte, ich würde bei einer Keilerei nicht schlecht ausse-hen. Aber eine Schlägerei will ich nicht.

„Ihr habt es mit dem Jungen doch genauso gemacht. Das hier",

ich halte ihm den Tabak vor die Nase,

„gehört ihm."

Er knirscht böse:

„Warum mischt du dich ein? Was geht dich das an, hä?"

Plötzlich bemerke ich, dass sich von rechts und links Insas-sen nähern und ich erkenne in ihnen meine Landsleute, eine Gruppe Araber steht plötzlich neben mir:

„Was ist los Kollege? Gibt es ein Problem?"

Bei einer Schlägerei wären jetzt die Kräfteverhältnisse ausgeglichen aber ich will den Beistand nicht.

„Nein hab ich nicht",

antworte ich dem Landsmann.

„Ich will keinen Streit, weder mit den Russen noch mit euch."

Den Russen klage ich direkt ins Gesicht:

„Du hast Scheiße gebaut. Das macht man nicht, er braucht sein Zeug selbst."

Es kommt nicht zur Eskalation und ich kann mich mit den Russen einigen, so gut, dass wir sogar später Freunde wer-den.

Am Morgen bekomme ich einen neuen Pack Briefe, ein Lichtstreifen im Grauen. Mein Engel schickt mir romanti-sche Bilder mit Gedichten, nur Liebeszeilen, zum Beispiel:

„Wenn ich die Wahl zwischen dir und ewigem Leben hätte, würde ich mich für dich entscheiden, denn das ewige Leben ohne dich wäre eine Qual für mich."

Das geht mir runter wie Öl. Ein Papierbogen sticht heraus, die Schrift ist fremd:

„28. Juni 2007
Hallo Khalil,
ich bin's, Nikolas. Wie geht es Dir? Warum hast du
so was gemacht? Aber man kann es nicht rückgängig
machen! Ich vermisse dich sehr ... ohne dich ist es so
Scheiße, hey. Wir hoffen alle, dass du schnell wieder da
raus kommst.
Ich kann mir vorstellen, wie blöd es dort ist ... Ach ja
und wo hast du so schön malen gelernt? Wenn Du raus
kommst, kannst du Künstler werden. Ich frage mal
Mama, ob ich dich das nächste Mal auch besuchen
kommen kann, Papa. Hoffentlich erlauben die Polizis-
ten, dass ich kommen kann. Ich würde mich sehr freu-
en, wenn ich dich besuchen darf. Denn ich habe dich
verdammt vermisst und will dich wieder sehen, würde
es okay sein von Deiner Seite? Ich hoffe, ja. Also dann
Papa, bis bald. Und das was wir immer gesungen haben:
Sagapo mutia poli, kennst du das noch? Das werde ich
nie vergessen.
Dein Nikolas.
Ich liebe Dich wie einen Vater!"

Auf der Rückseite hat der Junge vier Männchen gezeichnet, zwei mit Zigaretten in den Mündern, eins kleiner, eins größer mit Mütze und eines mit langen Haaren und das kleinere mit drei Strichen auf dem Kopf, die zum Himmel zeigen. Dabei steht:

„So werden wir bald wieder sein" und neben den Figuren „ich", „du", „Mama" und „D.". Bis bald, hab dich lieb. N."

Ganz unten lese ich:

„Ich werde ihn mitnehmen mein Engel! Ich liebe dich T.!"

Wolken am Sommerhimmel

An einem herrlich wolkenlosen Tag wollte ich mit dem Kleinen zum Angeln gehen. Thali plante für etwas später einen Kirchenbesuch. Um uns verständigen zu können, trugen Thali und ich immer unsere Handys mit uns. An diesem Morgen zeigte der Akku meines Geräts: fast leer. Weil Thali noch eine Weile in der Wohnung blieb, bot es sich an, dass wir die Handys tauschten. Ich nahm ihr geladenes Mobiltelefon und sie benutzte meines, welches noch an der Ladestation hing. Gesagt getan, wir Jungs vergnügten uns am Strand und wollten Thali später wieder in der Wohnung treffen. Ich war ziemlich verblüfft, als ich eine verweinte Freundin in der Küche fand. Mit halb erstickter Stimme presste sie hervor:

„Wer ist G.? Was hast du mit ihr zu tun?"

Ich war schockiert, konnte nichts antworten. Thali wollte weiter wissen:

„Sie war ganz entsetzt, als ich ihr sagte ich sei deine Freundin. Sie sagte – *wie „seine Freundin", er hat mir doch gesagt, dass er verheiratet ist, und, von mir wolle er nichts? Seine Familie wartet und seine Kinder, es kann nicht sein, dass er eine Freundin hat – was soll das?!"*

Thali war völlig aufgelöst und wusste natürlich nicht, was sie davon halten sollte. Ich beteuerte ihr, dass ich von meiner Frau getrennt wäre, was ja auch stimmte, die Beziehung zu ihr existierte schon lange vor Thalis Zeit nur noch pro forma für die Außenwelt. Für mich war das eine Trennung, wenn es auch noch nicht bekannt war. Mit G., also Gisela, hatte es eine andere Bewandtnis:

Sie ist 30 Jahre älter und eine Begegnung in der Jesusgruppe, die ich früher einmal besuchte. Wir verstanden uns gut und es ergab sich, dass ich ihr beim Einrichten ihrer eigenen Bäckerei zur Hand ging. Es war ein lockeres Verhältnis und durch die Geschäftsaktion begegneten wir uns sehr oft, fast täglich. Irgendwann klingelte es am Abend an der Haustür. Ich wohnte damals zeitweise bei einem Freund, ich öffnete. Vor mir stand Gisela ein wenig verändert, in engem Abendkleid, extra schick frisiert mit dezent geschminktem Gesicht, sie hatte sich besonders hübsch hergerichtet. Auf meine Frage, ob sie etwas Besonderes vorhätte, fiel sie mir um den Hals und schluchzte mir ihre Liebe ins Ohr. Ich reagierte spontan:

„Häh, spinnst du, du könntest meine Mutter sein?!"

Ich wollte sie aber nicht verletzen, sie war mir eine gute Freundin geworden. Vorsichtig erklärte ich ihr nicht ganz ehrlich, dass eine Familie auf mich warten würde. Natürlich traf ich sie mit meinem Korb und der Kontakt zwischen uns brach eine Weile ab. Warum sie ausgerechnet jetzt anrufen und in unsere herrliche Urlaubsstimmung brechen musste, wirkte wie ein Flügelbruch im Höhenflug. Ich erzählte Thali alles, die Sache mit der Familie, die auf mich warten würde, beschäftigte sie noch weiter. Zum Glück konnten wir alles Klären und die restlichen Tage miteinander genießen. Dennoch schwebte nun eine kleine Wolke an unserem makellosen Liebeshimmel.

Ein Stern in der Finsternis

Thalis Besuche sind für mich ein Fest. Ungeduldig warte ich auf sie und lese wieder und wieder ihre Post, wie diese:

„Freitag, 12 Uhr, 10. August 2007
Hallo mein Engel!
Wie geht es dir? Vor allem bei dem Wetter? Mein Schatz,
du schreibst mir so schöne Briefe, dass baut mich echt
auf, nachdem ich hier allein geblieben bin, aber ich
denke ganz fest an dich, egal was ich mache. In mei-
nen Gedanken bist immer du. Gestern im „Penthouse"
musste ich immer an dich denken. Um 21 Uhr ging's los
... und um 00.30 Uhr bin ich vom „„Penthouse" zu dir
gefahren, habe eine Zigarette geraucht. Im Auto hab ich
eine griechische CD von David gefunden, hab sie ange-
hört und an euch beide gedacht, und meine Tränen liefen
wieder, ich konnte mich nicht beherrschen, mal wieder ...
Mein Engel, du hast einen lieben Gruß von David und
Nikolas und von meiner Mutter auch, du sollst stark sein
und ich auch und nicht aufgeben, für unsere Zukunft.
Ich muss jetzt dann bald zu Frau G. Und so ist mein Tag
auch bald um. Tagein tagaus bei mir ist es auch nicht
anders. Schatz versuche, das Beste zu machen, wir sehen
uns bald und ich freu mich sehr ... Gott wenn es bloß
heute Montag wäre! Ich muss jetzt etwas essen gehen.
Ich liebe Dich und Dich über alles!"

„19 Uhr:
Einen wunderschönen guten Abend „Mein Leben fürs
Leben"! Wie geht es Dir? Ich wollte einfach nicht bis
morgen warten, musste mit dir reden! Mein Schatz
mache dir keine Sorgen wegen mir, mir geht es wieder
viel besser, wie heute Morgen. Ich habe meine Woh-
nung geputzt, meine Fenster, war bei Diana, hab mein
Auto außen und innen geputzt, habe eben geduscht, nur
du hast gefehlt :-) ich wollte jetzt so nah wie möglich
bei Dir sein, mein Leben. Ich hoffe, Du verbringst das
Wochenende in der Zelle so gut es geht. Ich kann es mir
vorstellen mein Schatz, aber übermorgen sind wir wieder
für 45 Minuten zusammen ... Meine griechische Musik
läuft, ich hab Dich angeschaut, und mir war es so warm
ums Herz, es war so ein schönes Gefühl, ich denke viel
an Dich mein Schatz, nicht nur Du an mich. Ich werde
jetzt eine rauchen gehen, und ganz fest an Dich denken
und dabei den Stuhl an-schauen, wo Du meistens geses-
sen bist ... Hab eben mit David telefoniert, 20 Minuten
lang, das hat mir so gut getan, Du hast ganz liebe Grüße
von ihm und von Nikolas auch.
P.S.: Nikolas ist keine Nervensäge mehr, seit du im Ge-
fängnis bist und er sieht mich manchmal nachdenklich
an. Er bemerkte in der letzten Zeit, dass mein Kreislauf
spinnt, da hat er Angst um mich. Er macht sein Zimmer
pikobello sauber, er saugt, ohne dass ich etwas sage und
er kommt, und umarmt mich so oft ... Das tut mir so gut,
er ist auch ein kleines Männlein geworden, mit Gefühl
und Verstand.
Mein Schatz, also mach Dir keine Sorgen um uns, wir
werden es schaffen, wie all die Jahre auch ... In 50 Mi-
nuten haben wir 21 Uhr und mein Herz und Seele und
Geist sind ganz nah bei Dir mein Schatz, dann fühle ich

*mich oft so wohl. Aber Du fehlst mir verdammt und dann
kommen wieder Tränen, aber bald sind wir wieder eins
für ein paar Minuten und das gibt uns Mut und Kraft.
Ich habe eine Liebe zu Dir, die unschlagbar ist mein
Schatz ... Sie wacht Tag und Nacht und Du bist nie allein, auch wenn es manchmal blutet, du passt auf mich
auf und das tut so gut mein Schatz!
Ich liebe Dich!"*

Nach zweieinhalb Monaten U-Haft sind die Ermittlungen draußen abgeschlossen und wir können uns ohne
einen Aufpasser treffen. Endlich dürfen wir ungestört
zusammen kuscheln und planen für die Zeit nach dem
Knast. Sie bringt mir Grüße von ihrer Mutter und ich
erfahre, dass sie ihre Tochter bestärkt, zu mir zu halten.
Ich wundere mich, weil der Streit im Urlaub auch nach
dieser Zeit hartnäckig anhielt und Thali dadurch mit
ihren Eltern ein Jahr lang keinen Kontakt hatte. Erfreut
höre ich, sie haben sich versöhnt. Erst viel später erfahre
ich, Thali erzählte der Mutter eine etwas abgewandelte
Version, wobei ich als Unschuldiger weg-komme. Andere erfahren durch sie, ich sei beim Militär in der Heimat.
Das spielt aber im Moment keine Rolle, jetzt zählen nur
Thali und ich und wir konservieren jede winzige Berührung. In dieser innigen Zweisamkeit höre ich sie leise:

„Willst du mich heiraten?"
Mein Herz schlägt wie verrückt. Ich sitze hier vor einer
ungewissen Zukunft und diese tolle wunderschöne Frau will
den Rest ihres Lebens mit mir verbringen!
Im Knast erfährst du, wer wirklich dein Freund ist. Thali ist
die Einzige, die zu mir hält. Mein Ex-Schwager wollte mich
mit meiner ältesten Tochter besuchen. Aber an diesem Tag

kamen auch die Brüder in den Knast und weil Familienange-
hörige Vorrang haben und nur maximal drei Leute rein dürfen, mussten Ex-Schwager und Tochter wieder gehen. Sie
hätten wenigstens die Kleine mitnehmen können, zumal die
Brüder seit meiner deutlichen Abmahnung wegen der Vor-
fälle bei Thali nicht mehr erschienen sind. Ich erfuhr, dass
sie meine Autos aufgebrochen, mitgenommen und verkauft
und das Geld behalten haben. Meine Brüder räumten mein
Konto leer. Meine Wohnung, die ich vor dem Gefängnis,
nach der heimlichen Trennung von meiner Frau, auf meinen
Bruder überschrieb, werde ich erst wieder bekommen, wenn
ich mich in der Familie wieder ordentlich einfüge. Was ist
das für eine Familie? Freilich, sie sind mit Thali nicht ein-
verstanden, aber sehen sie nicht, dass sie zu mir hält, sogar
in dieser beschissenen Situation? Ich erzähle Thali, dass ich
nichts mehr besitze, wenn ich entlassen werde. Sie lächelt:
„Du wirst nicht mit Null anfangen, wir werden zusammen
neu beginnen, du kannst bei mir wohnen, du wirst Arbeit
haben, wir werden es zusammen schaffen."
Das gibt mir Kraft und ich überlebe für unsere gemeinsame Zukunft. Ich versuche mich im Knast zu beschäftigen,
noch häufiger aus der Zelle zu kommen. Einer vom Reini-
gungspersonal, auch ein Knastkollege, fällt vorübergehend
als Putze aus, weil er zu seiner Verhandlung nach Heilbronn
muss. Er wird einige Zeit dort bleiben. Sofort melde ich
mich für die offene Stelle. Die Bediensteten kennen mich
inzwischen als ruhigen Zeitgenossen und vertrauen mir den
Job an. Das Saubermachen der Zellen und Flure bringt mich
kurz aus der Vierwände-Eintönigkeit. Das heißt Abwechslung, weil ein Plausch mit Passanten immer drin ist und eine
tägliche Dusche, ein echter Fortschritt für mich. Bei den Gesprächen mit den Beamten erfahre ich, dass ich Arbeit beantragen kann, das mache ich ohne langes Überlegen.

Nach zwei Monaten kommt die Zusage und ich muss mich von meinen drei Knastfreunden verabschieden. Wir haben uns in den Wochen gut miteinander arrangiert und wollen uns draußen treffen. Es ist seltsam und gibt keinen realen Grund, aber ganz tief in meinem Innersten weiß ich, ich werde auf die Kollegen warten und nicht umgekehrt. Die Jungs versprechen, sie rufen mich an, sobald ich ebenfalls raus komme. Wir planen ein neues sauberes Leben ohne Drogen und Lügen. Einer hat einen alten Bauernhof und einen Wohnwagen, den wollen wir gemeinsam richten und dann Schafe züchten. Es gibt Momente, da kann ich mir das echt vorstellen. Jetzt packe ich meine paar Sachen und ziehe um von Bau I in Bau III.

Plackerei mit Gelegenheiten

Meinen Betrieb hielt ich drei Jahre bei der Stange. Alles hatte 1997 vielversprechend angefangen, mit einem „Ducato" und einem Anhänger. Die Aufträge kamen und ich konnte meinen Schwager bei mir anstellen. Auch meine damalige Frau Miriam lernte ich ein. Dann schlossen sich mein Bruder und alte Kollegen an. Bald fuhren 5 „Ducatos" und zwei LKWs für mich. Alles lief bestens, bis sich alles änderte.

Dem privaten Knick mit Miriam folgte die berufliche Krise. Begonnen hatte es damit, dass ein Angestellter Benzin anstatt Diesel in den Wagen füllte, das hielt der Bus nicht aus. Ein anderer Fahrer lieh sich einen LKW für eine längere Privatfahrt. Nach einigen Kilometern rief er mich an und meldete mir einen qualmenden Motor, das nächste Auto Schrott. Die Ausgaben überrollten den geringen Gewinn. Es gab einen Preissturz in der Branche durch die billige Konkurrenz aus Ostdeutschland. Ich kam nicht mehr hoch und musste den Betrieb 2000 abmelden. Zwei Jahre jobbte ich in einem Geschäft in Oberstenfeld und wurde ab 2002 von der Firma A.P. als Leiharbeiter zu diversen Unternehmen geschickt. So landete ich beim Autoproduzenten P. Wir Leasing-Personal arbeiteten dort für einen Hungerlohn. Normale Konditionen gab es nicht, kein Weihnachtsgeld, kein Urlaubsgeld. Ich wurde für alle möglichen Tätigkeiten eingesetzt und brachte mich voll und ganz in die Firma ein. Ob es Abwicklungen im Wareneingang, Paketverteilung, Staplerfahrten, Putzarbeiten oder ob ich als LKW-Fahrer besetzt wurde, ich gab mir bei allem Mühe und es gefiel mir im Betrieb. Nur die Bezahlung war mies. Das ärgerte mich, auch weil unsere Vorgesetzten, also die Festangestellten der Firma P., uns ackern ließen und die Prämien dafür in die eigene Tasche steckten. Sie ließen keine Hektik aufkommen, während wir „Untersten" die Drecksarbeit zu leisten hatten.

Mein Capo war sehr zufrieden mit mir. Ich arbeitete genau und sauber, kam immer pünktlich und meckerte nicht, wenn Überstunden nötig waren. Außerdem war ich nie krank und verstand mich mit meinen Kollegen gut. Nach ungefähr einem Jahr musste ich vertragsbedingt kurz pausieren und wurde dann sofort wieder beschäftigt. Dann stellte man mir einen festen Vertrag in Aussicht, mein Chef versprach es mir. Endlich eine angemessene Bezahlung, endlich normale Bedingungen, mit Gleitzeit und Urlaubsgeld und Weihnachtsgeld, wie es überall üblich war, mein Einsatz hatte sich anscheinend gelohnt. Als ich aber das nächste Mal nach der Festanstellung fragte, vertröstete er mich auf später. Die Oberen hätten es noch nicht genehmigt, lautete seine Erklärung.

So ging es einmal, zwei Mal und viele Male mehr. Ich wurde Jahre lang vertröstet und erfuhr, dass es auch anderen Leihkollegen so ging. Die Milliardengewinne der Firma, wie wir überall in den Medien lesen konnten, stießen uns sauer auf. Irgendwann bekam ich wirklich einen Vertrag, allerdings nicht mit P. sondern der Tochterfirma, und weil P. eine GmbH ist, blieb ich letztlich doch ein Leiharbeiter.

Umzug nach oben

Ich ziehe im Bau III zu einem Asiaten in eine Viermann-Zelle. Noch eineinhalb Monate bis zu meiner Verhandlung muss ich warten. Endlich kann ich mehr tun, als lesen, Skat spielen oder den Flur fegen. Der Kollege redet nicht viel, ich merke schnell warum, er spricht miserabel Deutsch. Aber was von ihm kommt, ist freundlich. Und weil ich tagsüber zur Arbeit muss, sehen wir uns selten. Ich erfahre, er ist Asylbewerber, man hat ihn an einem verbotenen Ort „erwischt". Jetzt muss er die Zeit in Stammheim bis zu seinem Abschiebe-Flug nach Korea absitzen. Das ist besonders krass, weil er verheiratet ist und ein Kind hat, der Kerl ist alles andere als ein Verbrecher. Ich habe ziemlich an Gewicht abgenommen. Die Sorgen fressen an meinem Magen und Hunger habe ich nie. Mein Genosse ermutigt mich, ich solle mehr zu mir nehmen:

„Dieses fade Zeug kann man nicht mit Genuss essen",

brumme ich. Der Asiate weiß Rat. Er hantiert mit einer leeren Thunfischdose, füllt Öl hinein, stopft Papiertaschentücher dazu und zündet das Ganze an. Dann nimmt er den Blechteller, der zuvor mit der Knastkost gefüllt war, dreht ihn um und schmiert den Boden mit Zahnpasta ein.

„Was machst du?",

will ich wissen. Er antwortet nicht, gibt mir nur mit einem Wink zu verstehen, ich soll warten. Auf und im Schrank hat er allerlei Dosen und Gläser verstaut. Jetzt stellt er den Blechteller auf sein Feuer und füllt ihn mit verschiedenen Lebensmitteln, rührt darin, streut noch das ein oder andere darüber. Mit der Zeit knistert das bunte Mischmasch und duftet verlockend. Dann stellt er mir den Teller auf den Tisch, deutet darauf:

„Du esse",

fordert er mich auf. Ich vertraue ihm und bekomme zum ersten Mal seit Monaten etwas zwischen die Zähne, was lecker schmeckt. Nach der fernöstlichen Mahlzeit spült mein Freund die Essensreste mitsamt der verkohlten Zahnpasta ab, und nichts Verdächtiges für die Beamtenkontrolle bleibt übrig, sie werden die verbotene Aktion nicht erfahren. Er kocht immer wieder mit gekauften oder getauschten Lebensmitteln. Und körperlich bekomme ich mehr Kraft. Als Gegenleistung bringe ich ihm Deutsch bei, wir haben eine gute Zeit.

Die Arbeit ist nicht wirklich anstrengend, trotzdem erheben sich bald Blasen auf meinen Fingerspitzen. Ich muss Dübel und Schrauben für die Firma W. zusammendrehen. Wenn ich 600 Stück in der Stunde schaffe, kriege ich 40 Cent Lohn dafür. Für uns Arbeiter gibt es mehr zu essen und tägliches Duschen. Es tut mir gut und ich kann sogar nachts einigermaßen gut schlafen. Irgendwann weist man mir eine neue Tätigkeit zu. Ich soll Rundschreiben für Mitarbeiter falten und in adressierte Kuverts stecken, und zwar für MEINE Firma P.! Ich denke, ich sehe nicht richtig, ich soll hier für meine Kollegen da draußen schaffen, welche Ironie des Schicksals. Ich weiß, nur vier Leute der ganzen Sache kamen dran, den Rest durfte ich nicht verraten. Die Komplizen in den oberen Etagen laufen fröhlich täglich bei P. aus und ein. Ich denke, das ist die Gelegenheit, ein paar Leuten persönlich nette Grüße aus dem Knast zu senden. Schadenfreude stellt sich ein, wenn ich mir ihre verdutzten Gesichter vorstelle. Ich besinne mich und lasse es sein, bisher habe ich mir hier nichts zu Schulden kommen lassen, dabei soll es bleiben.

Das Leben ist kompliziert

Meine Frau Rusa bemerkte die Veränderung. Zuerst glaubte sie mir nicht, als ich ihr erzählte, dass ich eine Frau traf, in die ich mich verliebt habe und, mit der mir die Beziehung ernst ist. Sie lachte nur und prophezeite mir, es wäre wie bei den anderen Frauen, das könne kein richtiges Gefühl sein, mit diesen Frauen. Aber sie spürte es irgendwann selbst und akzeptierte die Veränderungen nicht. Sie stellte mich zur Rede und verlangte, ich solle den Kontakt beenden. Das wollte ich nicht und sie wurde lauter, es nützte nichts. Ich kam täglich, um mit den Kindern Hausaufgaben zu erledigen und für die Familie einzukaufen aber irgendwann verkündete ich ihr, sie müsse jetzt endlich anfangen, selbstständig zu werden, ich könne für sie nicht weiter sorgen. Ich wollte die Familie zwar nicht im Stich lassen, aber jetzt konnte und wollte ich meine Freizeit mehr mit Thali verbringen. Rusa versuchte, anders an mich heranzukommen.

Ich war gerade bei Thali, als mein Handy klingelte, Thali ging ran. Am Apparat sprach eine Stimme, die sich als meine Freundin vorstellte. Ich wusste nicht, wer das sein könnte. Thali gab mir den Hörer und meine Schwester meldete sich. Ich war empört:

„Warum meldest du dich als meine Freundin, was soll das?!"

„Ist doch egal",

gab sie kurz zurück und forderte weiter:

„Khalil, ich bin hier bei deiner Frau, komm bitte, wir wollen mit dir reden."

Ich fuhr hin. Am Tisch saßen nicht nur Rusa und meine Schwester, sondern auch meine Mutter. Rusa hatte meine Mutter angerufen und dieser ihr Leid geklagt, ich hätte sie von heute auf morgen verlassen. Jetzt meldete ich den Damen deutlich, dass wir schon Jahre kein Paar mehr seien, und forderte Rusa auf, das zu bestätigen. Ich erklärte ihnen allen, dass ich Thali liebe und sie mir von niemandem ausreden lasse. Als ich später meine Mutter nach Hause brachte, versuchte sie es noch einmal. Sie meinte, die Liebe würde vorbei gehen, dann gäbe es bloß Ärger. Sie hatte keine Chance. Ich nahm nichts von alledem an, ich beharrte auf meiner neuen Beziehung.

Meine Arbeit hatte ich so weit reduziert, dass ich für Thali und die Jungs mehr Zeit hatte. Die täglichen Schulübungen mit meinen Kindern konnte ich nicht aufgeben. Ich wusste, meine Frau wäre damit überfordert, als Analphabetin und als Ausländerin. Auch an den Besuchen bei meinem kranken Vater hielt ich fest. Thali und mir blieb nicht viel Zeit für die junge Beziehung. Zunächst genossen wir die rare gemeinsame Zeit. Aber bald fing Thali an sich zu beschweren. Auch sie war geschieden und kannte die Situation. In Deutschland verbringen üblicherweise Väter nach einer Paartrennung jedes zweite Wochenende mit ihren Kindern und nicht täglich, das hielt sie mir vor. Ich versuchte ihr die besondere Situation zu erklären und das die Kinder die Unschuldigen wären, ich dürfe sie nicht vernachlässigen. Auch meine Frau gab keine Ruhe. Ihre deutschsprachige Freundin versuchte Thali ins Gewissen zu reden, damit sie von mir ablassen sollte. Thali belastete das, sie wollte keine Familie zerstören aber sie sehnte sich auch nach mehr Zeit mit mir. Es wurde Weihnachten und wir luden meine Kinder zu ihr ein. Seither hatte Thali keine Gelegenheit, meine Kinder kennenzulernen. Rusa tobte inzwischen wegen jeder

Kleinigkeit, ja sie rastete völlig aus, auch vor den Kindern. Und Thali beschwerte sich, weil ich immer wieder meine Familie besuchte. Obwohl ich beteuerte, dass ich es nur für die Kinder tat, störte sie es trotzdem. Ihre Söhne waren ihr Liebstes, und sie verstand, dass die Sprösslinge im Mittelpunkt stehen mussten. Aber es war schwer, eine gemeinsame Zukunft zu planen, wenn so viel Zeit für die Ex drauf ging. Sie schlug vor, die Kinder so oft wie möglich zu uns zu holen, dann könnte sie bei den Hausaufgaben helfen, das wollte sie wirklich gerne tun.

Beim ersten Treffen Ende Dezember mochten meine Kinder Thali sofort. Sie fanden sie nett und schön. Wir verbrachten harmonische friedliche Feiertage. Die Kinder schwärmten ihrer Mutter zuhause arglos von Thali vor, wie sauber bei ihr alles wäre und wie hübsch und freundlich sie sei. Meine Frau wurde noch wütender und verbot den Kindern, mit mir wegzugehen. Als Thali das erfuhr, kochte sie ebenfalls: „Wer hat hier die Macht, du oder deine Exfrau?"

Ich dachte an meine Sprösslinge und an meine Verantwortung. Aber ich wollte auch meine geliebte Freundin glücklich sehen, sie war mir mehr wert als jede Frau zuvor geworden. Wie sollte ich es allen recht machen? Ich nahm die Kids trotzdem zu Thali mit. Aber mit der Zeit veränderten sich die Kinder und stellten sich gegen Thali. Ihre Mutter hetzte, Thali würde die Familie zerstören und sie wäre eine Hexe, die alles verändere. Sie tobte täglich, warf Teller nach mir, hieß mich alles vor den Kindern und drohte damit, sich und die Kinder umzubringen. Thali schimpfte, ich solle mich durchsetzen, es war eine Katastrophe.

Eines Tages, ich war mit dem LKW unterwegs, klingelte Thali auf meinem Handy: „Hi Schatz, wo bist du?"

„Ich fahr noch die Tour zu Ende und bring anschließend den LKW zurück. Kannst du mich abholen?"

„Okay, ich bin in einer halben Stunde im Betrieb."

Wieder das Handy, dieses Mal war es Rusa:

„Khalil wir sind in Feuerbach, kannst du uns abholen?"

Ich sträubte mich und fordere meine Frau auf:

„Nimm den Bus!"

„Es fährt keiner mehr. Khalil die Kinder müssen nach Hause, es ist spät, bitte hole uns."

Sie warteten ganz in der Nähe, deshalb ließ ich mich doch überreden, sie und die Kinder nach Hause zu fahren. Ich peilte den Stadtteil Stuttgarts an und lud Frau und Anhang ein. Wieder läutete das Handy und ich erkannte Thalis Nummer auf dem Display. Oh je, ich konnte nicht ran gehen, beide Frauen sahen rot, wenn die andere auftauchte. In letzter Zeit gewöhnte ich mir an, mein Handy auszuschalten, wenn ich meine Ruhe wollte, das machte allerdings Thali ziemlich misstrauisch. Jetzt würde sie die Stimmen mitbekommen und sich wundern, wo plötzlich meine Kinder herkamen, ich wollte keinen Stress. Wegdrücken war die einfachste und ruhigste Lösung. Ich erwischte aber dummerweise statt der roten AUS-Taste, die grüne AN-Taste und hatte sie für Sekunden auf Leitung, bevor ich das Gerät ausschalten konnte. Schnell lieferte ich Frau und Kinder ab und traf mich mit Thali wie vereinbart.

„Warum hast du mich aus der Leitung geschmissen?",

wollte die Freundin scharf wissen. Ich log:

„Mein Akku war leer."

„Und wo ist deine Frau?"

„Bei meinen Eltern in Feuerbach."

Thali nahm ihr Handy zur Hand, blickte noch immer finster und meinte, während sie auf dem kleinen Gerät tippte:

„Das können wir ja schnell feststellen."

Telefongerät gab Geräusche und helle leise Satzfetzen aus, unverkennbar Rusa. Thali legte stumm auf und wollte nochmals wissen:

„Deine Frau ist also zuhause!"

Sie erklärte weiter, sie habe zuvor, bei unserer kurzen Verbindung im LKW, Kinderstimmen gehört. Jetzt gestand ich ihr, wie sich alles zugetragen hatte. Thali war enttäuscht und sauer über die Lüge. Ich versuchte ihr zu erklären, dass ich Streit vor den Kindern vermeiden wollte, sie winkte nur beleidigt ab.

Zu dieser Zeit hatte Thali für mich ein Zimmer in ihrem Betrieb gemietet, damit ich mich dort mit den Kleinen ungestört treffen konnte. Nach unserem Streit verzog ich mich dort allein. Das kommende Wochenende wurde grausam. Thali meldete sich nicht und ich war sicher, jetzt ist Schluss. Die Unruhen mit der Familie zerrten an unserer jungen Beziehung. Am Sonntagabend kam sie und ich konnte mich endlich entschuldigen. Sie wollte mir zum Glück verzeihen und nach der Versöhnung ging es mir wieder gut. Aber ich musste etwas ändern, soweit sollte es nicht mehr kommen, irgendwann wäre es vielleicht wirklich das Ende.

Also engagierte ich eine Lehrerin für meine Kinder, die täglich kam und mit ihnen die Hausaufgaben erledigen sollte. Holen konnten wir sie nicht mehr, inzwischen hassten die Kinder meine Freundin.

Auf und ab im Martyrium

Im September 2007 beginnt der Ramadan. Ich halte mich daran und esse erst, wenn es dunkel wird. Auch dabei ist mein asiatischer Genosse erfinderisch. Er steckt mein Essen, das ich tagsüber für die Nacht aufhebe, in eine Plastiktüte und stellt es am Abend zum Aufwärmen auf den Wasserkocher.

Wieder lese ich im Koran. Es wird mir eine Hilfe sein, für die Zeit nach dem Gefängnis, damit ich einen guten Weg finde. Ich entdecke vieles in dem Buch, was ich zuvor falsch gemacht hab. Ich lebte mein Dasein zum Schein anderer Leute. Es steht im heiligen Buch des Islam, dass man das nicht tun soll. „Ehrlichkeit und Korrektheit sind wichtig", „Einen müden Cent, den du nicht mit Schweiß erworben hast, der wird dir später wieder genommen und dazu noch von deinem eigenen", so ähnlich lese ich weiter. Ich erinnere mich an meinen Vater, auch er sagte mir das früher. Aber vor allem Ehrlichkeit, egal was es kostet, ist sehr wichtig, auch wenn es einen den Kopf kostet, man soll zu dem stehen, was man tut. So will ich mein Leben einschlagen.

Es ist wieder Besuchstag. Ungeduldig warte ich auf meinen Engel. An diesem Tag finde ich sie mit Schatten im Gesicht. Sie setzt sich nicht, wie sonst, auf meinen Schoss sondern, mir gegenüber an den Tisch und fragt mich leise:

„Was bin ich für dich?"

Ich verstehe nicht, was sie will:

„Schatz, was soll die Frage was ist los mit dir? Du bist alles für mich, du bist mein Leben, aber das weißt du doch. Erzähl mir bitte, ist etwas passiert?"

Thali erklärt mir mit wässrigen Augen, sie habe einen Brief gelesen. Sie war mit meinem Freund im Auto unterwegs. Ich schrieb auch ihm Briefe. Solch einen fand meine Freundin zufällig im Auto. Sie sah ihn, erkannte meine Schrift und dachte, er wäre an sie adressiert. Ich schrieb dort, dass ich meine Familie schmerzlich vermisse. Damit meinte ich natürlich meine Kinder, Thali fasste das anders auf.

„Aber Schatz",

versuche ich ihr zu erklären.

„Würdest du deine Kinder nicht vermissen? Ich bin sonst immer für sie da gewesen, daran soll sich auch in Zukunft nichts ändern."

Thali weint. Während der vergangenen Monate musste sie sich viel Terror von meiner Familie gefallen lassen, ständig belästigten sie Anrufe von meiner Frau und deren Freundin. Sie wurde beschimpft und bedroht. Ich versuche sie zu beruhigen:

„Das hat doch nichts mit dir zu tun, auch dich vermisse ich schmerzlich. Aber niemand kommt mich besuchen, du bist die Einzige. Warum machst du dich verrückt wegen so etwas?"

Die dreiviertel Stunde vergeht mit Kritik und Traurigkeit. Ich mache mir Vorwürfe.

„Wenn es dich stört, schreibe ich meinen Kindern nicht mehr",

beteure ich ihr verzweifelt.

Am Ende der Besuchszeit müssen wir auf einem Flur in verschiedene Richtungen auseinandergehen. Bevor ich um die Ecke ins Innere der Anstalt verschwinde, drehe ich mich noch einmal zu ihr um. Heute sehe ich, anders wie sonst, nur ihren Rücken, keinen Handkuss, kein letzter Blick. Das trifft mich messerscharf in Herz und Bauch. Auch später quält mich dieses dumpfe faule Gefühl. Ich verkrafte es nicht, was mit ihr da draußen geschieht, ich spüre ihren Schmerz, der mich am ganzen Körper schüttelt. Zwei Tage bin ich wie gelähmt, ich schreibe keine Briefe an sie. Am dritten Tag setze ich mich hin und erkläre ihr, wozu ich mich entschlossen habe:

„Schatz, ich weiß nicht, wie das hier noch weiter geht, aber gehe Du Deinen Weg, lebe Dein Leben, Du brauchst nicht mehr auf mich zu warten. Es wird Dir wahrscheinlich alles zu viel, deshalb ist es besser, wenn wir uns trennen, komme bitte nicht mehr."

Mich zerreißen diese Worte und ich darf mir nicht vorstellen, wie ich ihr damit wehtue. Aber ich glaube, mit meiner ganzen Scheiße quäle ich sie nur und das will ich nicht, ich liebe sie doch so sehr. Trotzdem stehe ich jeden Abend um 21 Uhr am Fenster und denke an sie, wie ich es seit Monaten zelebriere, wie ein Gebet. Ich weine, mein Gott, so viel und leidend habe ich in meinem Leben noch nicht geweint.

Was geht und was nicht?

Der Neue war ein Gauner, das spürte ich von Anfang an. Ich musste ihn in der Firma P. einlernen. Er schnüffelte überall herum und kroch den Vorgesetzten besonders in den Arsch. Nicht dass das auffallend gewesen wäre, aber bei ihm war es anders als üblich. Er suchte überall Kontakte und am meisten im Bereich Transport. Ich vermutete, dass er etwas Ungewöhnliches vorhatte, es war mehr als normales Einschleimen. Was wollte er, ging es ihm um eine Festanstellung oder war er ein Spitzel? Ich konnte ihn nicht einschätzen. Bald sollte ich es erfahren.

In der Firma entstanden, wie überall in der Produktion, Schrottteile, die vernichtet werden mussten. Der Neue kam eines Tages zu mir und schlug mir ein lukratives Geschäft vor. Die Schrottteile wären zu schade zum Wegschmeißen, er würde einen kleinen Schrotthandel organisieren. Die Vorgesetzten machten auch mit, wegen der Papiere, er habe sich schon darum gekümmert. Wir sollten die Sachen verpacken, raus schmuggeln und verticken. Da fiele für jeden etwas ab. Mein Part wäre das Verladen der Teile, kinderleicht und bombensicher. Ich hörte mir das Ganze an und war skeptisch. Er war ein Kotzbrocken und würde mich am Ende nur ausnutzen. Also lehnte ich ab und schaute mir den kleinen Schwindel stillschweigend an. Tausende Paletten verließen täglich das Gelände. Die illegalen Pakete fielen dazwischen nicht auf, die Pforte kontrollierte den Inhalt nicht und so funktionierte es tatsächlich. Als Zieladresse erschien ein Kollege des Neuen in Pforzheim, er prahlte großkotzig, er könne die Teile in Nullkommanix absetzen.

Dem war aber nicht so. Die Kollegen hatten ein Problem, wie sollten sie die heißen Stücke loswerden? Sie erkundigten sich auch bei mir, ob ich jemanden wüsste, der gebrauchte P.-Ersatzteile für Autos brauchen könne. Nun kam ich doch mit ins Spiel. Ein befreundeter Kfz`ler, Klaus-Peter L., betrieb eine eigene Autowerkstatt in Enzweihingen, der wusste eine Adresse. Er gab mir die Kontaktdaten von Fritz, ich rief ihn an. Er war interessiert und ich fuhr persönlich nach Pforzheim, lud die Pakete auf und brachte sie zu Fritz. Er übergab mir eine Ration des Geldes sofort. Ich verteilte den Betrag an alle Beteiligten, Klaus-Peter bekam auch etwas ab. Fritz wollte mehr, alle Teile sollten wir ihm verkaufen. Wir vereinbarten, ich solle den Anhänger mit dem Zeug einfach vor seine Halle stellen, die Firma T. befand sich in der Nachbarschaft. Es war wirklich leicht, das Schrottzeug aus dem Betrieb zu kutschieren und ein bisschen Nebenverdienst tat uns allen gut.

Wie sterben

Mir geht es hundeelend, mein Magen rebelliert. Das geht so weit, bis ich vor Schmerzen ins Krankenzimmer muss. Der Arzt schickt mich zur Magenspiegelung ins Gefängniskrankenhaus. Oh nein, ich fluche. Nicht das Krankenhaus ist der Grund, sondern dessen Lage. Ausgerechnet auf dem Hohenasperg liegt die nächste JVA-Klinik, auf unserem heiligen Berg! Zum ersten Mal bin ich froh, dass mich Wände von der Außenwelt abschirmen, die Bilder der Umgebung würden mich in meiner Verfassung erschlagen. Ich lasse alles über mich ergehen. Die Fahrt, den Schlauch, die Spiegelung. In ein paar Tagen werde ich zu mindestens drei Jahre Knast verdonnert. Mein Schatz muss diese Tortur nicht mehr mitmachen, ich möchte sie nie mehr so verzweifelt sehen, es bricht mir das Herz. Ich sterbe zwar, aber sie kann ein neues Leben beginnen. Wenigstens etwas, was wie sinnvolle Zukunft aussieht. Der Magen ist nur entzündet, man gibt mir Tabletten und in den nächsten Tagen finde ich körperlich eine „kleine Erleichterung".

Ein paar Tage nach meinem Brief bekomme ich Post. Mein Herz pocht mir schier aus den Adern und ich zittere, als ich das Kuvert öffne. Es sind zwei Papierbögen mit unterschiedlichen Schriften. Der erste ist von ihr:

„Hallo!
Seit gestern hast du mein Herz in 1000 Stücke zerschmettert ... wir lieben uns doch, und eine Liebe, wenn sie mehr ist, dann besiegt sie jedes Hindernis.

Ich fühle mich nicht wahr, verstehst du das nicht? Ich werde keinen anderen Mann lieben, wie dich, bis ich sterbe, das spüre ich. Ich kann nicht versuchen dich zu vergessen, so wie du mir schreibst, kannst du das? Meine Gedanken sind ständig bei dir, Tag und Nacht, egal was ich mache. Du schreibst mir, ich soll dich nicht im Stich lassen, du packst es nicht, du gehst ein, landest in der Klapsmühle, und jetzt das ... Schatz, Ich kann dich nicht loslassen, außer du willst mich am Montag den 17.9. nicht sehen, oder meine Briefe kommen zurück, dann werde ich das tun, wohl oder übel. Aber es tut verdammt weh, dass ich weiß, ein Mann, der vorläufig nicht bei mir sein kann, mich über alles liebt ... nein Schatz, außer du willst es wirklich von Herzen, dann werde ich dir nie wieder schreiben. Eins solltest du wissen, Gott hat uns zusammen gebracht und er blutet genau wie wir, mit deinem Brief vom 6. September ... warum? Ich leide, weil ich dich liebe, und das von Herzen mit Gefühl, tiefe Gefühle und Verstand. Schmeiß nicht alles hin, was du später bereuen wirst, denn die wahre Liebe findet man nur einmal auf dieser Welt.

Ich liebe dich und werde auf dich warten, natürlich bin ich kaputt und down, denn es ist nicht leicht, aber wenn ich deine Briefe lese, dann lacht mein Herz. Ich habe nur dich und meine Kinder und deine Kinder, mit denen ich den Rest meines Lebens verbringen möchte ... und mit keinem andern - verdammt ...

Σ , αγαπώ πολύ ... Falls du aber den Brief in die Hände bekommst und du empfindest für mich nichts mehr, dann schmeiß ihn in den Müll und lebe dein Leben, wie du es gerne hättest. Ich zwinge dich nicht, aber ich liebe dich und das für immer.

Dein Stern, der über dich wacht, bin immer so nah bei dir ... Ich hoffe das spürst du!

PS.: Heute werde ich um 18.30 Uhr am Parkplatz sein. Auch wenn ich dich vielleicht nicht sehe ... "

Das Leben ist grausam und beutelt mich. Ich brauche eine Weile, bis ich die Kraft finde, den zweiten Brief zu lesen:

" 13. September 2007
Hallo Vater,
Khalil ich hoffe es geht dir gut ...
Meine Mama hat gesagt du willst Schluss machen.
Stimmt das? Wenn ja Khalil, würdest du ihr noch mehr wehtun und alles nur noch schlimmer machen, als es schon ist. Und was ist mit mir und David?
Wir lieben dich mehr als unseren Vater. Bitte Khalil, ich versuche, meine Mama jeden Tag auf andere Gedanken zu bringen. Und es klappt.
Ich bitte dich, mach das nicht, bitte wenn du uns liebst mach das nicht.
Wir können uns kein Leben ohne dich vorstellen. Also bitte, wenn meine Mama dich sehen würde, weiß ich auch nicht mehr was passieren würde. Bitte Khalil, überlege es dir bitte bitte bitte bitte, du bist mein Vater, den ich liebe und David seiner auch. Deswegen bitte ich dich, nicht Schluss zu machen.
Ich liebe dich wie einen Vater.
Mach's gut Papa!!!
Ich hoffe ich bekomme eine gute Nachricht :-)
Dein Sohn Nikolas. "

Mitgehangen, mitgefangen

In der Firma wurde es unruhig. Eine wichtige Palette war verschwunden, eine Schrottpalette. Im Paket steckte angeblich ein Prototyp, mir wurde heiß und kalt. Die Firma P. stand Kopf, als man erfuhr, dass das Versuchsmodell verschwunden war. Sofort als ich davon hörte, versuchte ich bei Fritz den Motor zurück zu bekommen, die Sache war mir zu brisant. Das war aber gar nicht so einfach. Er wollte den Motor nicht herausrücken, immer hatte er Ausflüchte, wenn ich das Gerät abholen wollte. Mal hatte er keine Zeit, dann war der Motor angeblich schon auseinander gebaut, dann drückte er mich am Telefon ab. Ich versuchte es wieder und wieder, ahnungslos, dass wir zu dieser Zeit die Gespräche nicht mehr allein führten. Ich drohte Fritz, wenn ich den Motor nicht mehr zurück bekäme, würde ich zur Polizei gehen und mich selbst anzeigen. Das Ding schlug Wellen. Wenn der Motor in falsche Hände geraten, womöglich an die Konkurrenz und das Ganze zur Industriespionage ausarten würde, dann könnten viele Köpfe rollen, der Motor musste wieder her. Aber Fritz zierte sich und gab ihn nicht mehr heraus. Er meinte, mit dem Motor könne man nichts anfangen, hatte nur Ausreden. Dabei war er zu der Zeit schon an seinen Nachbarn, die Fa. T. weiter verkauft, das wusste ich aber nicht. Ich erfuhr später, dass der Motor schon eine lange Reise hinter sich hatte, über Österreich, England, auch eBay war im Spiel. Erst mein Anwalt erzählte mir davon.

Ich wollte am 23. Mai mit Thalis Sohn David nur noch ein paar Teile zu K. bringen, der mir erzählte, er habe einen

Kunden. Wir starteten an einem sonnendurchfluteten Morgen bestgelaunt.

„STRAFANZEIGE - Prototyp von P. gestohlen

Der Prototyp eines Motors von P. ist aus dem Forschungszentrum verschwunden und zerlegt in einer Tuning-Werkstatt wieder aufgetaucht. Auch wenn P. einen Teil der Diebesbeute wieder hat: Die Gefahr, dass Kopien erstellt wurden, ist nicht ausgeschlossen.

Stuttgart - Die Staatsanwaltschaft ermittelt gegen acht Verdächtige, die Motoren und Getriebeteile beim Stuttgarter Sportwagenhersteller P. gestohlen und damit gehandelt haben sollen. Die Teile wurden nach Informationen von m-m bereits Ende April aus einem Forschungszentrum von P. entwendet. Vier Tatverdächtige sitzen in Untersuchungshaft, bestätigte eine Sprecherin der Ermittlungsbehörde am Freitag einen Bericht der Stuttgarter Regionalausgabe der „B"-Zeitung. Dabei handelt es sich um zwei Leasing-Mitarbeiter von P., die bereits seit mehreren Jahren für den Konzern tätig waren, sowie zwei Käufer. Die Täter sollen geständig sein. Im Mittelpunkt der Ermittlungen stehe

auch eine Autowerkstatt aus dem Land-
kreis Böblingen, die die hochwertige
Technik angekauft, zerlegt und in Fahr-
zeuge eingebaut haben soll. „Wir haben
gegen die Geschäftsleitung der Firma
Strafanzeige wegen Diebstahls und Heh-
lerei gestellt", sagte ein P.-Sprecher
gegenüber m-m.
R. N., Sprecher der T. in Leonberg, erklärte gegenüber m-m, dass dem Unternehmen „von einem Leonberger Autohändler ein gebrauchter Motor eines P.
Turbo (xxx) angeboten wurde". Das Agg-
regat sei „im guten Glauben und gegen
Rechnung" gekauft worden.
Den Motorenexperten in der Tuning-Ab-
teilung von T. sei danach allerdings
aufgefallen, dass der Motor nicht dem
Modell entsprach, das auf dem Kaufver-
trag ausgewiesen war.
Dies war nach Angaben von P. anhand der
Codierung auf den Motorenteilen eindeu-
tig zu erkennen. „Der Motor wurde an
den Autohändler zurückgegeben und dort
auch von der Staatsanwaltschaft si-
chergestellt", so der Sprecher von T.,
die sich auf Veredelung und Tuning von
P.-Modellen spezialisiert haben.
Der P.-Sprecher erklärte, insgesamt
seien drei Motoren aus dem Entwick-
lungszentrum der Sportwagenschmiede in
Weissach (Kreis Böblingen) gestohlen
worden. Bei der Razzia in der T.-Werk-

statt seien die Motorenteile sicherge-
stellt worden.
Bei den Motoren habe es sich um zwei
herkömmliche, aber auch um einen „Motor
der Zukunft" gehandelt. Dass es Blau-
pausen oder Kopien von den neu entwi-
ckelten Teilen dieses Prototyp-Motors
gebe, sei nicht auszuschließen. „Der-
zeit gehen wir aber nicht davon aus,
dass wir es mit einem Fall von Wirt-
schaftskriminalität zu tun haben", so
der Sprecher weiter.
Nachdem bei P. festgestellt wurde, dass
die betroffenen drei Motoren fehlen,
schaltete der Konzern die Polizei ein.
Deren Beamte ertappten die mutmaßlichen
Diebe auf frischer Tat bei der Übergabe
der Motoren an Mittelsmänner. Finanzi-
elle Probleme sollen ein Motiv für die
Motorendiebe gewesen sein ..." (Lokale
Presse) "

Ich lese den Artikel, ein Zellenkollege gibt ihn mir; es ist
wie eine Henkersmahlzeit. Es ist der 11. Oktober, heute
findet endlich, nach fast fünf Monaten U-Haft, meine Verhandlung statt. Heute gibt es eine Stellungnahme des Ge-
richts, endlich. Und ich habe mich auch entschieden.

In Handschellen führt man mich in den Saal, wie einen
Hund, wie einen Schwerverbrecher, es ist ein grauenvolles
Gefühl. In den Zuschauerreihen finde ich bekannte Gesich-
ter, die Bilder stechen mir in den Magen. Mein Engel ist da,
ihr Tanzlehrer und Freund, sitzt neben ihr. Ich entdecke den
Ex-Schwager, seinen Kollegen. Meine Noch-Ehefrau ist da,

mit ihrer Freundin, mein großer Bruder und zwei Schwestern. Ein paar unbekannte Leute von den Medien sitzen dabei, erfahre ich von meinem Anwalt. Ich möchte alles mit aufrechter Haltung annehmen und habe mich extra in meine beste Kleidung gehüllt. Ich sitze an meinem angewiesenen Platz, als der Richter den Raum betritt und er lässt mir die Ketten entfernen.

Jetzt erzähle ich alles, wie ich es von Anfang an, den Polizisten auf dem Revier, später meinem Anwalt und auch dem Beamten in der Anstalt berichtet hatte. Alles ist spontan präsent, fünf Monate geisterten mir die Bilder im Kopf herum. Noch einmal beteuere ich, dass ich nicht wusste, was die Teile wert waren, von 54 Millionen wusste keiner.

Es gibt einen Zeugen, einen Hauptzeugen, als sein Name fällt, ist es, als ob mir jemand einen Dolch ins Kreuz rammen würde - Klaus-Peter L! WIESO ZEUGE, kreischt es in meinem Kopf. Der war doch dabei, hat den Deal sozusagen eingefädelt. So eine linke Sau. Ich musste die Teile loswerden, kannte den Klaus-Peter als kompetenten Werkstattbetreiber. Zuerst hatte er kein Interesse an P.-Teilen, könne sie nicht verwenden, sagte er. Aber dann ... Ich erinnere mich an ein Gespräch, er rief mich an:

„Ich: Jetzt, was kann ich für dich tun mein Freund. Soll ich bei dir vorbei kommen?

K-P: Es geht bloß um eins von diesen Objekten, die du mir genannt hast, ob die auch einzeln möglich sind?

Ich: Welche?

K-P: Na die, von dem Cayenne.

Ich: Wie viel?

K-P: Äh, erst mal offen, bloß ob es überhaupt möglich ist?

Ich: Äh ja, können wir darüber reden, ich komme nachher bei dir vorbei, okay?

K-P: Ne, das brauchst du erst, wenn ich das weitergegeben habe, ob überhaupt ..., also wenn du sagst, das wäre einzeln möglich, dann kann man den Preis aushandeln, ja?

Ich: Also ja?

K-P: Ist machbar!

Ich: Ist machbar, okay

K-P: Kannst du mir mal sagen, ob du ′ne bestimmte Vorstellung hast?

Ich: So um die acht.

K-P: Oui, warum im Endeffekt um alles in der Welt so wenig, wenn das Ding doch so viel wert ist?!

Ich: Ja kannst du mehr? Dann sag mehr, ich will auch mehr.

K-P: Ich weiß auch net, aber das hat mich halt gewundert, bei dem ganzen Paket, was du mir angeboten hast, das ist doch viel mehr wert.

Ich: Ja ich weiß, aber weißt du, die anderen, denen ich′s angeboten hab, die haben gesagt: Oho Pipapo und so weiter, die Umstände, ist schwer ... aber wenn du mehr ...

K-P: Wenn ich nur dran denke, das erste, zuerst Genannte, wovon du mir erzählt hast, irgendwie so neueste Generation oder so, olala.

Ich: Also ich komm dann später mal vorbei."

Alles nahm seinen Lauf. Ja, und das, was wir so nett plauderten, hatte Klaus bereits hübsch auf Band aufgenommen, brachte es fix zu seinem Polizistenfreund und fortan wurde mein Handy in sterilen Polizeibüros ausgestrahlt und von ordentlichen Sekretären in den PC getippt, schwarz auf weiß gedruckt und in eine Akte geheftet, die im Lauf der Zeit zu einem stattlichen Buch anschwellen sollte. Und wegen dessen Inhalt ich jetzt hier sitze und demnächst mein Urteil verkündet bekomme. Warum zum Teufel hat Klaus-Peter nicht anders geantwortet. Vielleicht so – „Hey Khalil, was machst du, lass den Scheiß" – oder – „Mann Junge, wenn du damit nicht aufhörst, geh ich zu den Bullen." Aber nein, er sabberte den Freund an und rammte mir dann einen Dolch ins Kreuz, nur kriegt er dafür keine Anklage, vor keinem Gericht der Welt, das ist nicht richtig.

Die Staatsanwaltschaft verlangt zwei Jahre und acht Monate Gefängnis ohne Bewährung. In meinem Plädoyer entschuldige ich mich bei der Firma P. Mann, ich hab dort gern gearbeitet, ja es gab Probleme mit der Festanstellung und wir ärgerten uns, das die Vorgesetzten so viel mehr verdienten, obwohl sie sich nicht wirklich abrackerten und uns die grobe Arbeit überließen. SCHEISSE, eigentlich war es gut und ich war ein Idiot.

Dann trage ich dem Gericht und allen im Saal laut vor:

„Da draußen wartet jemand auf mich! Mit ihr möchte ich mein Leben verbringen, möchte ein korrektes richtiges Leben führen!"

Ich suche meinen Engel in den Besucherreihen, er leuchtet von fern, mein Hoffnungsstrahl, egal was kommt. Der Richter ordnet eine halbe Stunde Pause zur Beratung an. Mein Anwalt gibt mir keine Prognose, wir müssen auf eine Entscheidung warten. Mir gehen die letzten Tage durch den Kopf. In Herzenssachen habe ich Klarheit.

Ich konnte auf Thalis Brief nicht mehr antworten. Durch den langen Weg über den Richter, würde er sie nicht mehr vor dem nächsten Besuchstermin erreichen. Kommt sie? Sie kam und ich freute mich. Sehr ernst setzten wir uns nebeneinander und redeten. Ich erklärte ihr, dass ich es ernst gemeint hatte mit der Trennung, weil ich nicht wollte, dass meine ganze Scheiße sie weiter quält. Ich erklärte ihr, was ich in dem Brief an den Freund gemeint hatte.

„Aber du stehst an erster Stelle und bist mein großer Schatz, bitte begreife das!"

Ich reichte ihr einen weißen Bogen. Sie erkannte darauf in zartem Bleistiftgrau ihren und meinen Kopf, eng beieinander, sich glücklich anblickend. Sie weinte und flüsterte:
„Es tut mir leid, ich hake es ab, ich möchte keine Sorgen von draußen hier hereintragen!"
„Ich habe genug Probleme hier drinnen."
Ich versuche ihr weiter mit sanfter Stimme zu erklären:
„Wenn ich weiß, dass du dich draußen mit so vielen Dingen beschäftigst, geh ich zugrunde. Glaube mir, es ist alles aus, mit meiner Frau, mit meiner Familie, sie interessieren mich nicht mehr, für mich zählst du allein. Glaub mir eins, wenn ich draußen bin, und meine Familie kommt mir nah, ruf ich die Polizei: Haltet sie mir vom Leib, sie sollen mich nicht anrühren. Ich schrieb ihnen Drohbriefe, dass sie dich in Ruhe lassen sollen. Ich bin sicher schon bei meiner Familie abgestempelt, was soll ich noch tun? Ich möchte, dass du draußen vorsichtig bist, guck, dass du deine Arbeit machst, mehr nicht, ich bin für dich da, ich denke immer an dich, du denkst immer an mich ..."
Wir konnten uns nur noch umarmen und aneinander drücken, wollten uns nie mehr loslassen. Meine Familie bekam Briefe von mir, in denen ich erklärte, dass ich mich für Thali entschieden habe, dass ich sie heiraten wollte, dass sie mein Leben ist. Von meiner Frau wollte ich mich endgültig scheiden lassen und alle anderen könnten meine Entscheidung akzeptieren oder auch nicht, das war mir egal.
Auch Thali schrieb ich:

„Sei stark! Wenn ich Dich nicht verlassen werde, kommt sicher meine Familie auf Dich zu, da musst Du stark sein."

Zeilen von ihr legen sich wie besänftigender Balsam auf meine Seele, lassen mich ein wenig gelassen sein, es ist ein Geschenk:

„Verlassen hatte mich mein Glück
und dann kamst Du und gabst es mir zurück
Das Glück bist Du für mich
etwas anderes gibt es nicht
Ich halte es fest, will es nie mehr verlieren
Will mein ganzes Leben lang nur noch dieses Glück spü-
ren ... mit Dir Ματια μου!"

Darunter klebte sie eine Illustration mit zwei Herzen, die ineinanderfließen und einen Sticker mit dem einer Sonnenblume, einem vierblättrigen Kleeblatt und der Aufschrift „Vielen Dank!" darauf. Das schickte sie mir ins Gefängnis, obwohl wir beide nicht wussten, wie lange ich von ihr getrennt sein würde, obwohl ich sie angelogen hatte, das muss echte Liebe sein, ich danke Gott dafür!

Jetzt ist es so weit, endlich ein Urteil, ich bin auf alles gefasst. Der Richter tritt pünktlich ein, setzt sich vor die Gesellschaft und verkündigt seine Entscheidung:
„Die fünf Monate haben ihnen schon genug angetan. Der Rest, drei Jahre, wird auf Bewährung ausgesetzt."
Der Raum ist einen Augenblick totenstill. Was hat er gesagt? Keiner kann es glauben, auch mein Anwalt blickt mich erstaunt an. Es ist wie ein Wunder, gerade vom Himmel herunter. Die Anwesenden begreifen langsam und Stimmengemurmel rieselt in den Saal. Mein Anwalt steht auf, dreht sich zu mir:

„Herr Samet, sie können den Saal als freier Mann verlassen."

Langsam kommt es bei mir an. Ich erhebe mich und kann zum ersten Mal seit Monaten hingehen, wo ich will. Mein Ziel ist klar und sitzt nur ein paar Meter von mir entfernt. Ich sehe, wie sie auf mich zukommt, eile ihr entgegen. Völlig überwältigt fallen Thali und ich uns in die Arme. Der Horror hat ein Ende. Die Familie steht versteinert mit grimmigen Gesichtern in einigem Abstand. Ohne mit mir zu reden, ziehen sie davon, enttäuscht. Sie hätte mich zu gerne im Knast verrotten lassen. Unglaublich, ich kann mit einer strahlenden fassungslosen Thali als freier Mann zurück ins Leben schreiten. Das tun wir – mit leichten Herzen.